홀리데이 로맨스

홀리데이 로맨스

초판 1쇄 발행 2018년 8월 15일
초판 2쇄 발행 2019년 8월 01일

지 은 이 찰스 디킨스
옮 긴 이 홍수연
펴 낸 곳 B612북스
펴 낸 이 권기남

주   소 경기 양주시 백석읍 양주산성로 838-71, 107-602
전화번호 031)879-7831
팩   스 031)879-7832
이 메 일 b612books@naver.com
블 로 그 blog.naver.com/b612books
출판등록 2012년 3월 30일 (제2012-000069호)

ISBN 978-89-98427-18-4 03840

이 도서의 국립중앙도서관 출판예정도서목록(CIP)은
서지정보유통지원시스템 홈페이지(http://seoji.nl.go.kr)와
국가자료공동목록시스템(http://www.nl.go.kr/kolisnet)에서
이용하실 수 있습니다. (CIP제어번호 : CIP2018021887)

• 책값은 뒤표지에 표시되어 있습니다.

홀리데이 로맨스

찰스 디킨스 지음

홍수연 옮김

B612 북스

차례

1부

윌리엄 틴클링 귀하가
쓴 사랑 이야기

이 첫 번째 이야기는 누군가의 머리에서 짜낸 것이 아니다. 그야말로 실화다. 다음에 올 이야기보다 일단 첫 번째 이야기를 믿어야지, 그렇지 않으면 그 다음 이야기가 어떻게 쓰이게 된 건지 도통 이해되지 않을 것이다. 죄다 믿으면 좋겠지만 1부만은 꼭 믿어주기 바란다. 내가 이 이야기의 편집자다. 밥 레드포스(내 사촌이자 지금 일부러 식탁을 흔들고 있다)는 자기가 편집하고 싶다고 했지만, 할 수 없는 일은 하려 들지 말라고 일러두었다. 당최 편집자가 뭔지도 모르는 녀석이다.

네티 애시퍼드는 내 신부다. 우리는 우리가 처음 함께 만났던 댄스 교습소 모퉁이에 있는 오른편 옷장 안에서 결혼했다. 월킹워터 장난감 가게에서 산 (초록색) 반지로 구색도 갖췄다. 내 주

머니를 탈탈 털어 마련한 반지였다. 황홀한 예식이 끝난 후 우리
넷은 샛길을 따라 걸었고, 축포(밥 레드포스의 조끼 주머니 안에
이미 장전되어 이동 중이었다)를 터뜨려 우리의 결혼을 알렸다.
축포는 발사되자마자 곧장 날아오르나 싶더니 그만 뒤집혀 버렸
다. 다음날 로빈 레드포스 중령이 합세하여 앨리스 레인버드와
비슷한 예식을 올렸다. 이번에는 축포가 하도 요란스레 터져 강
아지를 짖게 하고야 말았다.

천하절색인 나의 신부는 우리가 이제 다루려는 기간 동안 그리
머 양의 집에 꼼짝없이 갇혀 있었다. 드로우비와 그리머는 동료
사이이며, 누가 가장 사나운지를 두고는 의견이 갈린다. 중령의

귀여운 신부 역시 같은 건물의 지하감옥에 유폐되었다. 나와 중
령 간에 서약이 체결되었는데, 돌아오는 수요일, 둘씩 짝을 지어
산책할 때 그들을 빼내오자는 것이었다.

사건이 긴박하게 돌아가는 가운데 중령은 잔머리를 이리저리
굴리고 무법자다운(그는 해적이다) 그의 성향까지 드러내면서
폭죽을 터뜨려 공격하면 어떻겠느냐고 제안하기에 이르렀다. 하
지만 이처럼 인간미 넘치는 제안은 돈이 많이 들어 접을 수밖에
없었다.

거사를 치르기로 약속한 날 오후 2시에 중령은 재킷 안주머니
에 종이칼을 꽂고 단추로 여며 가볍게 무장하고 지팡이 끝에 매

단 공포의 검은 깃발을 휘두르며 나타나서는 나를 지휘했다. 그
는 미리 공습작전을 소상히 적어둔 종이를 굴렁쇠 막대에 둘둘
말아두었다. 내게 종이를 보여줬을 때 거기에는 내가 있을 위치
가 모퉁이 가로등 기둥 뒤에 전신상(하지만 내 귀는 그렇게 양
옆으로 돌출되지 않았다)으로 표시되어 있었고, 드로우비가 넘
어지는 것을 확인할 때까지 자리를 지키라는 지시가 적혀 있었
다. 넘어뜨릴 상대는 끈 달린 라벤더색 모자를 쓴 드로우비가 아
닌 안경 쓴 드로우비였다. 신호가 떨어지면 나는 곧장 진격해 신
부를 낚아챈 후 적을 무찌르며 길이 나올 때까지 나아가야 했다.
거기서 결국 나는 중령과 합세하게 되며, 우리와 말뚝 사이에 신

부를 둔 채, 우리는 정복하느냐 전사하느냐가 갈릴 터였다.

적이 나타났다—다가왔다. 중령은 검은 깃발을 흔들며 공격했다. 혼전이 일었다. 나는 초조하게 신호를 기다렸다. 하지만 신호는 오지 않았다. 내가 보기에 안경잡이 밉상 드로우비는 넘어지기는커녕 중령의 무법자 깃발로 그의 머리를 휘감고 양산으로 마구 공격해대는 듯했다. 라벤더색 모자를 쓴 드로우비 역시 그의 등에 주먹을 날리며 타고난 용맹스러움을 과감히 보여주었다. 모든 것이 그 순간 끝났음을 확인한 나는 샛길이 나올 때까지 필사적으로 치고받고 싸우며 나아갔다. 뒷길을 통해 빠져나간 나는 다행히 누구와도 마주치지 않고 아무런 방해도 받지 않은 채 그곳에 도달했다.

　중령이 나와 합류하기까지는 한참이나 시간이 흐른 것 같았다. 그는 여기저기 찢어진 부분을 기워 보려고 삯바느질하는 양복쟁이에게 들렀다 와서는 패배의 원인을 밉상 드로우비가 넘어지기를 거부했기 때문으로 돌렸다. 드로우비가 너무 완강하게 나오자 중령은 "죽어라, 이 비열한 자여."라고 했지만, 다른 것도 아니고 그 점에 있어서만은 그녀가 그의 타당한 충고를 따를 리 만무하다는 것만 확인했다.

　다음날 꽃다운 나의 신부가 중령의 신부와 함께 댄스 교습소에 나타났다. 뭐지? 나를 피하는 건가? 거참. 그렇긴 하지만. 그녀

는 비웃음이 서린 표정으로 내 손에 종이쪽지를 건네고는 춤출 다른 상대를 택했다. 종이에는 '맙소사! 제가 그 단어를 제대로 쓸 수 있을까요? 제 남편이 소cow인가요?'라는 문장이 연필로 적혀 있었다.

처음에는 당황하여 지끈거리는 머리로 우리 집안의 혈통을 앞서 언급한 천한 동물과 연결하여 욕보이려는 자가 대체 누구일까 애써 생각해 보았다. 다 쓸데없는 짓이었다. 춤이 끝날 무렵 나는 조용히 중령을 불러 분장실로 오라고 했고, 그에게 쪽지를 보여주었다.

17

"음절이 부족하군." 그가 우울한 표정으로 말했다.

"거참, 무슨 음절?" 내가 물었다.

"그녀는 묻고 있어. '제가 그 단어를 제대로 쓸 수 있을까요?'라고. 답은 '아니올시다'야. 그녀가 제대로 쓸 수 없었던 건 알겠지?"라고 중령이 그 구절을 가리키며 말했다.

"그럼 쓰려던 단어는?" 내가 말했다.

"Cow(소)─cow(소)─coward(소심남)이지."라고 해적 중령이 내 귀에 낮게 읊조리며 쪽지를 돌려주었다.

영원히 낙인찍힌 소년─어떤 자를 말하는지 알리라─으로 이 땅에 발붙이고 살아가든지 아니면 명예를 회복하든지 해야겠다는 생각에서 나는 군사 재판을 소집해달라고 요구했다. 중령은 재판받을 나의 권리를 받아들였다. 그가 나서는 것을 프랑스 황제의 고모가 거절했기에 법정을 구성하는 데 다소 어려움이 있었다. 그는 법원장이 될 예정이었다. 그러나 우리가 미처 대신을 임명하기도 전에 그는 뒷담을 넘어 탈출해 자유로운 군주로 우리 가운데 섰다.

법정은 연못 옆 잔디밭에 자리 잡았다. 나는 판사들 가운데 어떤 제독이 나의 철천지원수임을 알아보았다. 코코아cocoa-넛이 내가 견딜 수 없는 언어cow─coward를 떠올리게 했다. 그러나 나는

내가 결백하며 또한 미국 대통령(그 옆에 앉아 있는)이 내게 칼을 빚졌다는 것을 안다고 털어놓고는 시련에 앞서 마음을 굳게 다잡았다.

엄숙한 광경이었다. 말해 무엇 하랴. 긴 앞치마를 거꾸로 입은 집행관 둘이 나를 이끌었다. 우산이 드리운 그늘에서 나는 해적 중령 신부의 부축을 받는 나의 신부를 알아보았다. 법원장은 킥킥거린 작은 여군 소위를 호되게 나무라고는 내게 변론할 것을 명했다. "피고는 소심남입니까? 소심남이 아닙니까? 유죄입니까, 무죄입니까?" 나는 단호한 어조로 변론했다. "소심남이 아니며, 무죄입니다." (그릇된 행실로 법원장에게 다시금 판잔을 받던 그 작은 여군 소위가 반란을 일으키며 법정을 나서더니 돌을 던졌다.)

인정사정없는 나의 적인 제독이 내게 불리한 쪽으로 재판을 몰아갔다. 교전 중에 내가 모퉁이 가로등 뒤에 머물러 있었다는 것을 증언하기 위해 중령의 신부가 소환되었다. 나는 나의 신부 또한 같은 순간을 목격한 증인으로 출석하게 되는 고통까지는 면할 수도 있었다. 하지만 제독은 어디를 공략하면 내가 상처받을지 잘 알고 있었다. 침착하자. 나의 영혼이여, 무슨 일이 있더라도. 그때 중령이 그의 증거 자료를 가지고 앞으로 불려나갔다.

재판의 전환점이 되어 나의 위신을 살릴 수 있었던 건 바로 이 순간이었다. 나는 몸을 흔들어 주변─유죄로 판명 나지 않는다면 나를 붙잡을 권리가 없는데도 붙잡고 있는 무식쟁이들─을 물리고 중령에게 군인의 첫 번째 의무가 뭐라고 생각하는지 물었다. 그가 미처 답변하기도 전에 미국 대통령이 일어나더니 법정에 대고 나의 숙적인 제독이 '용기'라고 제의했으며, 증인을 유도하는 것은 공정치 않다고 했다. 법원장은 즉시 제독의 입을 앞으로 채우고 줄로 포박할 것을 명했다. 나는 심의가 더 진행되기 전에 판결이 효력을 발하는 것을 만족스럽게 지켜보았다.

그런 다음 내가 바지 주머니에서 종이 한 장을 꺼내며 물었다.

"레드포드 중령, 군인의 첫 번째 의무가 뭐라고 생각합니까? 복종입니까?"

"그렇소." 중령이 말했다.

"그 종이—그것을 봐주시기 바랍니다—가 중령의 손에 있었습니까?"

"그렇소." 중령이 말했다.

"군사 배치도입니까?"

"그렇소." 중령이 말했다.

"교전 중 배치도입니까?"

"그렇다고 할 수 있소." 중령이 말했다.

"최근 교전 말씀입니까?"

"최근 교전이오."

"상황을 묘사한 다음 법원장께 제출하시기 바랍니다."

이 승리의 순간, 나의 고통과 위험은 끝이 났다. 법정에 있던 사람들은 내가 명령에 철저히 복종했다는 것을 확인하자마자 자리에서 일어서더니 팔짝팔짝 뛰었다. 숙적 제독은 재갈을 물렸음에도 악의에 차서는 내가 전장을 떠났었던 만큼 내 명예는 실추된 것이라고 주장하기 위해 용을 썼다. 하지만 중령 자신은 해적으로서 단연코 명예를 걸고 최선을 다했었고, 모든 것을 잃었

을 때 불명예 없이 전장을 떠나보낼 수 있는 것이라는 의견을 내놓았다. 나는 '소심남도 아니고 무죄입니다'라는 판결만을 남겨두고 있었고, 꽃다운 나의 신부가 좌중에서 다시 내 품으로 돌아오려는 바로 그때, 예기치 않은 사건이 전반적인 즐거움을 방해했다. 다름 아닌 프랑스 황제의 고모가 중령의 머리털을 움켜잡고 있었던 것이다. 심의는 갑작스레 종결되었고 법원에 있던 사람들은 떠들썩하게 흩어졌다.

　그 다음다음 날 저녁, 달의 여신의 은빛 광채가 아직은 지상에 닿기 전 어스름이 떨어질 바로 그 무렵, 그저께의 고뇌와 승리가 이제는 과거가 되어 쓸쓸히 나뒹구는 연못가에서 구슬피 우는

버드나무를 향해 천천히 발걸음을 옮기는 네 개의 형체를 불현듯 발견했을지도 모른다. 좀 더 가까이 다가가 예리한 눈으로 보았다면 그 형체가 해적 중령과 그의 신부, 그저께의 당찬 죄수와 그의 신부라는 것을 확인했을지도 모른다.

황홀할 정도로 아름다운 님프들의 얼굴에 낙심의 빛이 서려 있었다. 넷은 잠시 말도 없이 버드나무 아래 몸을 맡겼고 마침내 중령의 신부가 입을 배죽거리며 말했다. "더는 척해 봐야 소용없어요. 우리 그만 포기하는 게 좋겠어요."

"하!" 해적 중령이 외쳤다. "척하다니요?"

"계속 이런 식으로 지낼 순 없어요. 저를 걱정하게 만들잖아요." 그의 신부가 되받았다.

틴클링의 귀여운 신부도 그런 믿기 어려운 선언을 반복했다. 두 전사는 굳은 시선을 교환했다.

"다 자란 어른들이 마땅히 해야 할 일을 하지 않으려 하고 우리를 수고스럽게만 한다면 우리가 척해 봐야 무엇이 남죠?"라고 해적 중령의 신부가 물었다.

"그저 곤경에 휘말릴 뿐이죠."라고 틴클링의 신부가 말했다.

"당신도 잘 알잖아요. 드로우비 양이 넘어지려 하지 않을 거라는 길. 당신 입으로 직접 불평했잖아요. 군사 재판이 얼마나 불명예스럽게 막을 내렸는지도 알잖아요. 우리 결혼에 대해 저희 집안에서 어디 인정하던가요?"라고 중령의 신부가 말을 이어갔다.

"아니면 저희 집안에서 우리 결혼을 인정하던가요?"라고 틴클링의 신부가 물었다.

다시금 두 전사는 굳은 시선을 교환했다.

"문을 두드리며 나를 달라고 하면 꺼지라는 소리부터 들은 다음 머리채나 양쪽 귀, 코를 잡힌 채 끌려 나올 테죠."라고 중령의 신부가 말했다.

"벨을 눌러대며 나를 달라고 하면 창문이나 손잡이 너머에서 잡동사니들이 당신 머리로 날아들거나 정원 살수 펌프에서는 물벼락이 쏟아질 거예요."라고 틴클링의 신부가 자신의 신사에게 말했다.

"당신 집 상황도 마찬가지로 좋지 않을 거예요." 중령의 신부가 다시 운을 띄웠다. "당신은 침대로 보내지거나 그에 못지않은 불명예를 당할 거예요. 또 당신은 어떻게 우리를 부양할 거죠?"

해적 중령이 용기 있는 목소리로 답했다. "강탈해야지!" 하지만 그의 신부가 반박했다. "만일 어른들이 강탈당하지 않겠다고 하면요?", "그럼, 피로 응징하는 수밖에."라고 중령이 말했다. "하지만 그들이 반대한다면요. 그리고 피로든 뭐로든 벌 받지 않으

25

려 한다면요?" 중령의 신부가 반박했다.

고통스러운 침묵이 이어졌다.

"앨리스, 그럼 당신은 나를 더는 사랑하지 않소?" 중령이 물었다.

"레드포스! 나는 영원히 당신 거예요." 그의 신부가 답했다.

"네티, 그럼 당신은 나를 더는 사랑하지 않소?" 이 글의 저자가 물었다.

"틴클링! 나는 영원히 당신 거예요." 나의 신부가 답했다.

우리 넷은 모두 껴안았다. 성급한 독자가 상황을 오해하지 않도록 정정하겠다. 중령은 그의 신부를 껴안았고, 나는 나의 신부를 껴안았다. 어쨌거나 둘둘은 넷이니까.

"네티와 저는 우리 입장을 계속 생각해왔어요." 앨리스가 신음하듯 말했다. "어른들은 우리에게 너무 강경해요. 우리를 아주 우습게 만들죠. 그밖에도 그들은 시간을 바꿔놓았어요. 윌리엄 틴클링의 꼬마 남동생이 어제 세례를 받았죠. 무슨 일이 발생했을까요? 참석한 왕이 있었나요? 윌리엄, 말해 봐요."

나는 아니라고 말했다. 왕이 초퍼 증조부로 변장한 게 아니라면 말이다.

"그럼 여왕은요?"

내가 아는 한 우리 집에는 여왕이 없었다. 어쩌면 부엌에 한 명쯤 있었을지도 모르겠다. 하지만 나는 그렇게 생각하지 않았다. 그랬다면 시종들이 한 번쯤 언급했을 테니까.

"그럼 요정들은요?"

일단 눈에 띄는 요정은 없었다.

"내가 보기에 우리 모두는 같은 생각을 했어요." 앨리스가 슬픈 미소를 띠며 말했다. "우리 넷은 그리머 양이 못된 요정으로 밝혀질 것이며, 세례 도중에 그녀가 자신의 목발을 들고 들어와서는 아기에게 나쁜 선물을 줄 거라고, 그렇게들 생각했죠. 나쁜 선물이라고 짐작되는 게 있었나요? 윌리엄, 대답해 봐요."

나는 초퍼 증조부의 선물이 추레한 것이었다고 나중에 엄마가 말하긴 했지만(그리고 그래도 갖긴 했지만) 나쁜 선물이었다고는 말한 건 아니었다고 대답했다. 엄마는 그것이 추레하고, 전기판으로 떴고, 누가 쓰던 것이며, 그의 수입에 비해 너무 약소하다고 했다.

"이 모든 것을 바꿔놓은 건 어른인 게 틀림없어요."라고 앨리스가 말했다. "우리는 바꿀 수도 없었어요. 설령 우리가 아무리 그러고 싶었다고 하더라도. 그리고 뭐 전혀 그런 마음이 들지도 않았을 테고요. 아니, 어쩌면 그리머 양이 결국 사악한 요정이라서 어른들이 그녀에게 그렇게 하지 말라고 계속 설득하니까 그에 반

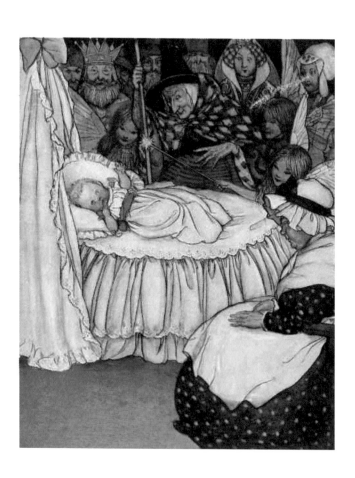

하는 행동을 하려 한 것일지도 모르죠. 어느 쪽이 맞든 어른들에게 우리의 예상을 말했다면 우리를 조롱거리로 만들었을 거예요."

"불한당들!" 해적 중령이 투덜거렸다.

"아뇨, 레드포스." 앨리스가 말했다. "그렇게 말하지 말아요. 욕하지 말아요. 나의 레드포스, 그렇지 않으면 아빠가 정말 그렇게 될 거예요."

"그러라고 하지." 중령이 말했다. "난 상관없어. 그가 누군데?"

여기서 틴클링은 그의 무법자 친구에게 간언하는 위험한 임무를 수행했고, 중령도 위에서 인용한 감정적인 표현을 자제하겠다고 합의했다.

"우리에게 아직 할 일이 남았어요." 앨리스가 온화하고 현명하게 말을 이어갔다. "우리는 가르쳐야 해요. 우리는 새로운 방식으로 척해야 해요, 우리는 기다려야 해요."

중령이 이를 앙다물었다—이 네 개가 앞으로 나왔고, 하나가 또 나오고 있었다. 그는 두 번이나 폭군 치과의사의 문까지 끌려갔지만, 치과의사 수비대를 따돌리고 탈출했다. "어떻게 가르친다는 거요? 어떻게 새로운 방식으로 척한다는 거요? 어떻게 기다린다는 거요?"

"어른들을 가르쳐요." 앨리스가 대답했다. "우리는 오늘 밤 헤

어져요. 그래요, 레드포스"—중령이 소맷자락을 걷어붙였기 때문에 나온 말이다—"다음 휴일 안에, 그러니까 지금부터 시작해서, 어른들을 위해 뭔가 교육적인 것에 우리의 생각을 쏟아부어요. 어른들에게 상황이 어떻게 돌아가야 하는지 암시를 주면서. 당신과 나, 그리고 네티는 사랑 이야기라는 제목의 가면을 쓰고 우리의 속마음을 감추는 거예요. 윌리엄 틴클링은 글을 가장 명료하게 쓰고 빨리 받아 적는 작가니만큼 그에게 우리가 한 말을 전부 기록하게 할 거예요. 다들 동의하죠?"

중령은 시무룩하게 "난 상관없소."라고 대답한 다음 물었다. "어떻게 척하겠다는 거요?"

"우리는 마치 아이들인 척할 거예요." 앨리스가 말했다. "마땅히 우리를 도와야 하는 데도 그러지 않으려 하고 우리를 나쁘게만 이해하는 그런 어른들이 아니라요."

중령이 여전히 많이 불만스러운 듯 이를 갈며 물었다. "기다리자는 건 뭐요?"

"우리는 기다릴 거예요." 귀여운 앨리스가 네티의 손을 잡더니 하늘을 올려다보며 말했다.

"우리는 기다릴 거예요—변함없이 마음을 다해—그리하여 시간이 변하고 변해 모든 게 우리를 돕고, 그 어떤 것도 우리를 웃

음거리로 만들지 않으며, 요정들이 돌아올 때까지요. 우리는 기다릴 거예요—변함없이 마음을 다해—그리하여 우리가 여든이 되고 아흔이 되고 백 살이 될 때까지. 그러면 그때 요정이 우리에게 아이들을 보내겠죠. 그리고 그들이 그토록 가엾고 어여쁜 작은 생명체인 척한다면 우리가 기꺼이 그들을 도와야죠."

"그래요. 우리는 그럴 거예요." 네티 애시퍼드가 두 팔로 허리를 감싸 그녀에게 키스하며 말했다. "그리고 이제 내 남편이 가서 우리를 위해 체리를 좀 사 온다면요. 내게 돈이 좀 있거든요."

나는 가장 친근한 방식으로 중령에게 함께 가자고 청했다. 하지만 그는 뒷발차기로 청을 받았다는 표시를 하는 것조차 까먹고는 잔디에 배를 깔고 누워 풀을 뽑더니 잘근잘근 씹고 있었다. 하지만 내가 다시 돌아왔을 때 앨리스는 그의 화를 거의 누그러뜨렸고, 우리는 금방 아흔이 될 거라며 그를 달래고 있었다.

우리는 버드나무 아래 앉아 체리를 먹으면서(앨리스가 나눠주었기 때문에 공평하다) 아흔이 된 척 연기했다. 네티는 나이 들어 등에 뼈가 하나뿐이라 절뚝거릴 수밖에 없다고 불평했다. 앨리스가 할머니 소리를 내며 노래를 불렀지만, 매우 예뻤고 우리는 모두 취한 기분이었다. 적어도 나는 취한 기분이 정확하게 뭔지는 잘 모르겠지만 모두 편안했다.

체리는 무한정 많았고, 앨리스는 물건들을 담을 수 있게 늘 작은 니트 가방이나 상자, 케이스를 가지고 다녔다. 그날 밤 그 안에는 작은 와인 잔이 들어 있었다. 앨리스와 네티는 체리 와인을 만들어 각자의 연인에게 이별주를 마시게 하겠다고 했다.

우리는 각자 잔을 가득 채워 한 잔씩 마셨고, 와인은 달콤했다. 우리는 각자 "우리 사랑을 떠나보내며."라고 건배했다. 중령은 와인을 마지막까지 마셨다. 그리고 술기운이 곧바로 그의 머리까지 뻗친 것처럼 내 머리에도 뻗쳤다. 어쨌거나 그가 잔을 뒤집어놓은 직후 그의 눈이 뒤룩거렸다. 그가 나를 한쪽으로 데려가더니 쉰 목소리로 우리가 '여전히 그들을 빼내'와야 한다고 주장

했다.

"어쩌자는 거야?" 내가 무법자 친구에게 물었다.

"우리 신부를 빼내오자!" 중령이 말했다. "그런 다음 곧장 내질러가는 거지. 단 한 차례도 돌아내려가지 않고 카리브해까지 돌진한다!"

우리는 정말 시도해보았을지도 모르지만 나는 그에 대한 답변이 있을 거라는 생각은 들지 않았다. 그저 주변을 둘러본 우리는 버드나무 아래 달빛만 남아 있을 뿐 우리의 예쁜 아내들은 떠났다는 것을 알았다. 우리는 울음을 터뜨렸다. 중령은 잠시 울다가 평정을 되찾았지만, 다시 펑펑 울었다.

눈시울이 붉어진 게 창피했던 우리는 다시 희게 만들기 위해 30분가량 주변을 배회했다. 눈 주위에 하얀 분필로 테를 두른 듯, 나는 중령의 눈을, 중령은 나의 눈을 그렇게 해주었는데, 나중에 침실 거울에서 봤더니 염증도 염증이지만 자연스럽지가 못했다. 우리는 화제를 아흔이 되는 것으로 돌렸다. 중령은 장화가 한 켤레 있는데 밑창과 굽이 모두 닳았다고 내게 말했다. 하지만 그는 아빠한테 굳이 그런 말을 할 필요성을 못 느꼈다. 어쨌거나 곧 아흔이 되는 만큼 구두가 더 편안해질 거라고 생각한 것이다. 또한, 중령은 한 손을 엉덩이에 올린 채 이미 나이를 먹어가는 게 느껴진다며 류머티즘에 걸린 것 같다고 했다. 나도 그에게 마찬가지라고 했다. 그리고 저녁 식사 시간에 우리 집에서 어른들이 내 자세가 꾸부정하다고 했을 때(그들은 늘 이것저것 신경 쓴다) 그때의 그 기쁨이란!

이것이 여러분이 가장 믿어야 할 1부 이야기의 마지막이다.

2부

앨리스 레인버드가
쓴 사랑 이야기

옛날에 한 왕이 있었고, 그에게는 여왕이 있었다. 왕은 남자 중 가장 남자다웠고, 여왕은 여자 중 가장 예뻤다. 왕은 정부 기관에서 개인적으로 따로 일하고 있었다. 여왕의 아버지는 변두리에서 의료인으로 활동했었다.

그들에게는 자식이 열아홉 있었고, 늘 더 생겼다. 이들 중 열일곱은 그 아기를 돌봤고, 장녀 앨리시아는 그들 모두를 돌봤다. 아이들 나이는 일곱 살에서 7개월까지 제각각이었다.

이제 우리 이야기로 다시 돌아가겠다.

어느 날 왕은 공무실로 가던 중에 여왕(여왕은 꼼꼼한 주부였다)이 집에 보내달라고 부탁한 대로 연어를 꼬리에서 조금 떨어진 부위로 한 근 정도 사려고 생선가게에 들렀다. 생선 장수 피

클스 씨가 말했다. "물론입죠. 다른 건 더 필요한 게 없나요? 좋은 아침 되세요."

왕은 우울한 기분으로 공무실을 향해 발걸음을 이어갔다. 분기별 봉급일이 아직 한참이나 남았고 귀한 자식 중 몇 명이 부쩍 자라면서 옷이 작아졌기 때문이었다. 그가 그렇게 멀리 가지 않았을 때 피클스 씨네 심부름꾼이 쫓아와서 말했다. "손님, 우리 가게 노부인을 못 보셨나요?"

"무슨 노부인?" 왕이 물었다. "난 보지 못했는데."

자, 왕은 노부인을 본 적이 없었다. 노부인이 피클스 씨 심부름꾼에게는 보이는지 몰라도 그에게는 보이지 않았기 때문이었다.

노부인이 그의 눈에 보이지 않았다면 그가 구두 밑창으로 바닥을 휘젓고 흙탕물이 튈 정도로 거칠게 바닥을 찼던 만큼 부인의 옷을 더럽혔을지도 모를 일이었다.

바로 그때 노부인이 성큼성큼 걸어왔다. 그녀는 푸르스름한 빛이 감도는 최고급 실크 드레스를 입었고, 말린 라벤더 향기를 풍겼다.

"왓킨스 왕 1세 되십니까?" 노부인이 물었다.

"왓킨스가 제 이름입니다만." 왕이 대답했다.

"제가 잘못 짚은 것이 아니라면 어여쁜 앨리시아 공주의 아버지 되시죠?" 노부인이 말했다.

"그 외에도 자녀가 열여덟 명 더 있습니다." 왕이 대답했다.

"자자, 지금 공무실로 가고 계시죠?" 노부인이 말했다.

'요정이 분명하군, 아니면 그 사실을 알 수 없을 텐데'라는 생각이 퍼뜩 왕의 머리를 스쳤다.

"맞네." 노부인이 그의 생각을 읽고 답했다. "나는 착한 요정 그랜드마리나일세. 잘 듣게! 집에 돌아가 식사할 때 방금 산 연어를 좀 들라고 앨리시아 공주에게 정중히 청해 보게."

"입에 맞지 않을 수도 있을 텐데요." 왕이 말했다.

이 터무니없는 생각을 듣고 노부인이 몹시 화를 냈기에 다소

41

놀란 왕은 자세를 낮춰 그녀에게 양해를 구했다.

"이것도 안 맞는다, 저것도 안 맞는다는 말을 우리는 지긋지긋하게 듣지." 노부인이 입으로 내뱉을 수 있는 가장 경멸스러운 어조로 말했다. "욕심 그만 부리게. 내가 보기엔 당신 혼자 다 먹고 싶어 하는 것 같은데."

이런 핀잔을 들은 왕은 고개를 떨구며 더는 입에 안 맞을 거란 말을 하지 않겠다고 했다.

"그럼 자중하게. 그리고 그러지 말게!" 요정 그랜드마리나가 말했다. "어여쁜 앨리시아 공주가 연어를 함께 먹겠다고 하며(보나마나 그럴 걸세) 자신의 접시에 생선뼈를 놓을 거라는 건 당신도 알겠지? 공주에게 뼈를 말리고, 문질러, 자개처럼 반짝거리도록 광을 낸 다음, 내가 주는 선물로 잘 간직하라고 하게."

"그게 다인가요?" 왕이 물었다.

"조급하게 굴지 말게." 요정 그랜드마리나가 그를 심하게 꾸짖으며 말했다. "사람들이 말을 다 마치기 전에는 말허리를 자르지 말게. 당신 같은 어른들이 잘 하는 짓이지. 당신도 늘 그렇고."

왕이 고개를 떨구며 다시는 그러지 않겠다고 했다.

"그럼 자중하게. 그리고 그러지 말게!" 요정 그랜드마리나가 말했다. "나의 애정을 담아 앨리시아 공주에게 말하게. 그 생선

뼈는 단 한 번만 쓸 수 있는 마법의 선물이라고. 한 번뿐이지만
그녀가 바라는 건 무엇이든 들어줄 걸세. 그녀가 딱 알맞을 때
소원을 바란다면 말이지. 이게 내가 전달하고 싶은 말이네. 잘
전해주게."

왕이 "그 이유를 물어도 되겠습니까?"라고 묻자 요정은 격분하
기 시작했다.

"자중하지 못하겠나?" 그녀가 땅을 쿵쿵거리며 외쳤다. "이러
는 이유가 뭐냐? 저러는 이유가 뭐냐? 정말! 당신은 늘 이유에 목
말라 하는군. 이유는 없네. 거참 나를 질리게 하는군! 난 당신네
어른들의 온갖 이유에 진절머리가 난다네!"

노부인이 새빨개져서 날아다니자 몹시 불안해진 왕은 화나게 해서 미안하며 더는 이유 같은 건 묻지 않겠다고 했다.

"그럼 자중하게. 그리고 그러지 말게!"라고 노부인이 말했다.

그런 말을 남기고 그랜드마리나는 사라졌고, 왕은 걷고 또 걸어 마침내 공무실에 도착했다. 거기서 공문서를 쓰고, 쓰고, 또 썼더니 집에 갈 시간이 되었다. 집에 돌아와서 그는 요정이 지시한 대로 함께 연어를 들자며 앨리시아 공주에게 정중히 청했다. 공주가 매우 맛있게 먹고 난 후, 그는 요정이 그럴 거라고 말했듯이 그녀의 접시 위에 생선뼈가 놓인 것을 보았다. 그가 요정의 말을 전하자, 앨리시아 공주는 뼈를 조심스레 말리고, 문질러, 자개처럼 반짝거리도록 광을 냈다.

어느 날 아침 잠자리에서 일어나려던 여왕은 "오, 세상에, 오, 맙소사, 내 머리, 내 머리가!"라고 외치고는 정신을 잃었다.

침실 문 앞에서 아침진지 드시라고 여쭙기 위해 우연히 안을 들여다보던 앨리시아 공주는 여왕 폐하의 상태가 심각한 것을 보고는 몹시 놀라 왕실 시종인 페기를 부르려고 종을 울렸다. 하지만 냄새를 맡으면 정신을 들게 해주는 약병이 어디에 있는지 생각났던 공주는 의자 위로 올라가 약병을 집었다. 그런 다음 침대 옆에 있는 또 다른 의자로 올라가 냄새나는 약병을 여왕의 코

44

에 갖다 댔다. 그리고는 뛰어내려와 물을 가져왔고 다시 의자 위로 올라가 여왕의 이마를 축축이 적셨다. 잠시 후 들어온 왕실 시종인 노파가 어린 공주에게 말했다.

"어쩜 그리도 빠르신지요! 저라도 그렇게 일을 잘 처리할 수 없었을 거예요."

하지만 착한 여왕의 병은 그때가 최악이 아니었다. 오, 이런! 여왕은 사실 오랫동안 몹시 아팠다. 앨리시아 공주는 열일곱이나 되는 어린 왕자와 공주를 조용히 시키고, 아기에게 옷을 입히고 벗기고, 아기를 어르고, 우유병을 끓이고, 수프를 데우고, 화로를 청소하고, 약을 따르고, 여왕을 간호하고, 할 수 있는 모든 것을 하고, 더는 바쁠 수 없을 만큼 바쁘고 또 바쁘게 움직였다. 궁궐에는 세 가지 이유로 시종이 많지 않았기 때문이었다. 우선 왕에게는 돈이 궁했고, 공무실에서는 승진될 리 만무했으며, 분기별 봉급일은 아직 멀찌감치 떨어져 있어 마치 밤하늘의 별만큼이나 작고도 요원한 듯 보였기 때문이었다.

그런데 여왕이 정신을 잃은 날 아침, 마법의 생선뼈는 어디에 있었던 걸까? 어디긴, 바로 거기, 앨리시아 공주의 주머니에 있었지! 공주는 여왕의 의식을 되찾게 하려고 주머니에서 그것을 거의 꺼낼 뻔하다가 다시 집어넣고 냄새나는 약병부터 찾았다.

그날 아침 정신이 돌아온 여왕이 졸고 있을 때 앨리시아 공주가 가장 특별한 비밀 친구인 공작부인에게 가장 특별한 비밀을

말하려고 서둘러 위층으로 올라갔다. 사람들은 그녀를 그저 인형이겠거니 짐작했다. 공주 말고는 아무도 몰랐지만, 그녀는 실제로 공작부인이었다.

이 가장 특별한 비밀은 마법의 생선뼈에 관한 것이었다. 공주가 모든 것을 공작부인에게 말했던 만큼 공작부인은 그 내막을 소상히 알고 있었다. 공주는 침대 옆에 무릎을 굽히고 앉아서, 한껏 드레스를 갖춰 입고 눈을 크게 뜬 채 침대 위에 누워 있는 공작부인에게 비밀을 속삭였다. 공작부인은 웃으며 고개를 끄덕였다. 사람들은 부인이 결코 웃지도, 고개를 끄덕이지도 않았다고 생각할지도 모른다. 하지만 공주 말고는 아무도 몰랐지만, 부인은 자주 그랬다.

앨리시아 공주는 여왕을 보살피기 위해 서둘러 다시 계단을 내려갔다. 공주는 종종 혼자서 여왕의 침실에서 병세를 살폈다. 하지만 병세가 계속되는 동안은 매일 저녁 왕과 함께 침실에 앉아 여왕을 보살폈다. 그리고 매일 저녁 왕은 공주가 왜 마법의 생선뼈를 가져오지 않는지 의아해하며 화난 표정으로 그녀를 바라보고 앉아 있었다. 공주는 이를 눈치챌 때마다 위층으로 올라가 공작부인에게 다시 비밀을 속삭이고는 이런 말도 했다. "어른들은 우리 아이들에게는 이유나 의미가 전혀 없는 줄 알아!" 그랬더니 공작부인이, 이제껏 들어본 것 중 가장 우아한 부인이건만, 윙크로 답했다.

"앨리시아." 어느 날 저녁 공주가 안녕히 주무시라는 문안인사를 올릴 때 왕이 말했다.

"네, 아바마마."

"마법의 생선뼈는 어찌 된 것이냐?"

"제 주머니에 있사옵니다."

"잃어버린 것이 아니었더냐?"

"아니옵니다. 아바마마."

"잊어버린 것도 아니었더냐?"

"그렇지 않사옵니다."

한번은 또 작지만 사납게 짖어대는 무시무시한 옆집 개 퍼그가 학교에서 집으로 돌아오는 계단에 서 있던 어린 왕자에게 돌진해 그를 잔뜩 겁에 질리게 했다. 왕자는 유리창에 손을 확 밀어넣다가 그만 손에 피가 나고, 피가 나고, 또 피가 났다. 다른 왕자와 공주 열일곱이 그의 손에 피가 나고, 피가 나고, 또 피가 나는 장면을 보더니 너나 할 것 없이 잔뜩 겁에 질려 얼굴이 잿빛으로 변하도록 소리를 질러댔다. 그러나 앨리시아 공주는 다른 모든 왕자와 공주 열일곱 명의 입에 하나씩 손을 갖다 대며 여왕이 편

찮으시니 조용히 하라고 타일렀다. 그러고는 다친 왕자의 손을 대야에 담긴 깨끗한 냉수에 담갔고, 그들이 열일곱의 두 배, 그러니까 4는 그대로 내리고 3을 10의 자리로 올린, 서른네 개의 눈으로 쳐다보는 동안, 공주는 다친 왕자의 손을 대야로 가져가 깨끗한 냉수에 담근 다음, 유리 조각이 박혔는지 찬찬히 왕자의 손을 살펴보았다. 다행히 유리는 한 조각도 박혀 있지 않았다. 공주가 키는 작지만 튼실한, 다리가 포동포동한 왕자 둘에게 말했다. "왕실 재봉 꾸러미 좀 갖다주렴. 자르고 바느질하고 어떻게든 짜 맞춰야 하니." 그리하여 두 왕자는 왕실 꾸러미를 힘껏 잡아당겼고, 그걸 질질 끌고 왔다. 앨리시아 공주는 바닥에 앉아 큰 가위와 바늘, 실을 꺼내 자르고 바느질하고 어떻게든 짜 맞춰 붕대를 만들었고, 그걸 손에 갖다 댔더니 딱 들어맞았다. 이 일이 마무리되었을 때 그녀는 왕, 그러니까 그녀의 아버지가 문 옆에서 지켜보는 것을 보았다.

"앨리시아"

"네, 아바마마."

"여태껏 무엇을 하고 있었느냐?"

"자르고, 바느질하고, 어떻게든 짜 맞췄사옵니다."

"마법의 생선뼈는 어디 있느냐?"

"제 주머니에 있사옵니다."

"잃어버린 것이 아니었더냐?"

"아니옵니다. 아바마마."

"잊어버린 것도 아니었더냐?"

"그렇지 않사옵니다."

그리고 나서 공주는 위층에 있는 공작부인에게 달려가 그녀에게 생겼던 일과 비밀을 반복해서 말했다. 공작부인은 황갈색 곱슬머리를 흔들며 장밋빛 입술에 웃음을 띠었다.

글쎄! 한번은 아기가 화로 쇠 살대 아래로 떨어졌다. 왕자와 공주 열일곱은 그런 상황에 익숙했다. 그들이 늘 쇠 살대 아래나

계단에서 굴러 떨어졌기 때문이었다. 아직 그런 상황에 익숙하지 않았던 아기는 얼굴이 부풀어 오르고 눈두덩이 멍들었다. 불쌍한 어린 것이 굴러 떨어진 계기는 앨리시아 공주가 숨 막힐 것 같은 큼지막하고 거친 앞치마를 입고 부엌 화덕 앞에 앉아 중식으로 먹을 수프를 만들기 위해 순무 껍질을 막 벗기기 시작했을 때 아기가 무릎에서 벗어났기 때문이었다. 공주가 그 일을 하게 된 계기는 그날 아침 왕의 요리사가 사랑해마지않는 애인인, 키는 멀대 같이 크지만 비실비실한 군인과 달아났기 때문이었다. 그러자 안 그래도 무슨 일만 일어나면 울어대던 왕자와 공주 열일곱이 울고불고 난리를 쳤다. 하지만 앨리시아 공주(자신도 약간은 울지 않을 수 없었던)는 조용히 그들을 불러 빠르게 회복 중인 위층 여왕의 병세가 다시 나빠지지 않도록 진정하라며 이렇게 덧붙였다. "입 좀 다물럼. 요 원숭이 같은 녀석들아. 아기 좀 살펴보게 다들 조용히 해줄래!" 그런 다음 그녀가 아기를 살펴보았는데, 어디 부러진 곳은 전혀 없었다. 공주가 차디찬 쇠붙이를 집어 들어 불쌍한 아기 눈에 대주고 부풀어 오른 얼굴을 매만지자 아기는 그녀의 품에서 새근새근 잠이 들었다. 그때.

그녀가 왕자와 공주 열일곱에게 말했다. "아기가 깨어나서 아파하면 안 되니까 아직은 아기를 내려 눕히기가 그렇구나. 그러니 착하게 굴면 너희들 모두 요리사가 될 수 있을 거야." 그 말을 들은 아이들은 기뻐서 깡충깡충 뛰었고, 날짜가 지난 신문지로 저마다 요리사 모자를 만들기 시작했다. 공주는 한 아이에게는 소금 통을, 한 아이에게는 보리를, 한 아이에게는 허브를, 한 아이에게는 순무를, 한 아이에게는 당근을, 한 아이에게는 양파를, 한 아이에게는 양념 통을 골고루 나눠줘 모두가 요리사가 될 수 있게 했다. 모두 분주히 이리저리 움직이며 일하는 동안 공주는 숨 막히는 거친 앞치마를 두르고 한가운데 앉아 아기를 보살폈다. 얼마 지나지 않아 수프가 완성되었고, 아기는 천사처럼 웃으면서 깨어나 가장 차분한 공주에게 한시름 놓았다는 믿음

53

을 안겨주었다. 한편 다른 왕자와 공주는 혹시나 국물이 튀어 데 일까 봐(그들이 늘 문제를 일으키는 만큼) 될 수 있는 대로 멀찌 감치 떨어진 구석으로 몰려가 앨리시아 공주가 냄비 한가득 수 프를 담아내는 모습을 지켜보았다. 보글보글 끓은 수프가 김을 모락모락 내며, 먹어보고 싶은 꽃다발 같은 달콤한 향기를 내뿜 자 아이들은 손뼉을 쳤다. 그러자 아기도 덩달아 손뼉을 쳤고, 그 모습이 마치 이가 온통 흔들리는 것처럼 우스워 보여 왕자들 과 공주들도 모두 웃고 말았다. 그러자 앨리시아 공주가 말했다. "맘껏 웃고 착하게 굴렴. 수프를 먹은 후에 한쪽 구석 바닥에 자 리를 깔아주자. 그럼 아기가 자리에 앉아 요리사 열여덟 명이 춤 추는 모습을 구경하겠지." 그 말에 어린 왕자와 공주는 하나같이 기뻐했고, 수프를 모두 먹어치우고는, 접시와 그릇을 모두 닦고 치운 다음, 식탁을 한쪽 구석으로 밀었다. 아이들이 요리사 모자 를 쓰고, 앨리시아 공주가 키는 멀대 같이 크지만 비실비실한 군 인과 달아난 요리사의 숨 막힐 것만 같은 큼지막하고 거친 앞치 마를 두른 가운데, 열여덟 명의 요리사가 천사 같은 아기 앞에서 춤을 추자 아기는 언제 얼굴이 붓고 눈두덩이 멍들었느냐는 듯 흥 에 겨워 까르르 웃었다.

바로 그때 앨리시아 공주는 다시 한 번 아버지 왓킨스 1세가

문간에 서서 바라보는 것을 보았다. 그는 "앨리시아, 여태껏 무엇을 하고 있었느냐?"라고 물었다.

"어떻게든 음식을 만들어 보았사옵니다."

"그 밖에 또 무엇을 하였느냐?"

"아이들이 맘 편히 즐기도록 애쓰고 있었사옵니다."

"앨리시아, 마법의 생선뼈는 어디 있느냐?"

"제 주머니에 있사옵니다."

"잃어버린 것이 아니었더냐?"

"아니옵니다. 아바마마."

"잊어버린 것도 아니었더냐?"

"그렇지 않사옵니다."

그때 왕이 땅이 꺼질 듯 한숨을 쉬고는 기운이 하나도 없다는 듯 털썩 주저앉더니 한쪽 구석으로 밀어둔 식탁 위에 팔꿈치를 대고 한 손으로 머리를 괴었다. 그러자 왕자와 공주 열일곱이 자리를 피해 부엌 밖으로 슬금슬금 나갔고, 왕 곁에는 앨리시아 공주와 천사 같은 아기만 남게 되었다.

"아바마마, 무슨 근심이라도 있으신지요?"

"난 지독하게도 가난하구나, 아가."

"아바마마, 수중에 돈이 한 푼도 없으신가요?"

"한 푼도 없단다, 아가."

"돈을 얻을 길이 전혀 없으신가요, 아바마마?"

"하나도 없다." 왕이 말했다. "내 힘닿는 데까지 노력하고, 온갖 방법을 써 보았느니라."

마지막 말을 들었을 때 앨리시아 공주는 마법의 생선뼈를 보관해둔 주머니에 손을 넣기 시작했다.

"아바마마, 우리가 힘닿는 데까지 노력하고 온갖 방법을 써 보았다면 정말로 정말로 최선을 다한 게 확실하겠지요?"

"앨리시아, 여부가 있겠느냐."

"우리가 정말로 정말로 최선을 다했는데도 충분치 않다면 다른 이의 도움을 청해야 할 딱 알맞을 때가 온 게 틀림없겠지요."

이것이 바로 그녀가 그랜드마리나 요정이 전한 말을 통해 스스로 짐작해냈고, 아름답고 우아한 친구인 공작부인에게 그토록 자주 속삭였던, 마법의 생선뼈에 관한 비밀이었다.

그래서 공주가 주머니에서 바짝 말려 문지르고 자개처럼 반짝거릴 때까지 광을 냈던 그 마법의 생선뼈를 꺼냈다. 공주는 생선뼈에 입을 살짝 맞추고는 오늘이 분기별 봉급일이기를 바란다는 소원을 빌었다. 그러자 즉시 봉급일이 되었다. 왕의 봉급이 굴뚝을 타고 짤랑거리며 내려오더니 바닥 한가운데를 쳤다.

하지만 이것은 벌어진 사건의 채 반에도, 아니 4분의 1에도 못 미쳤다. 왜냐하면, 바로 다음 선한 요정 그랜드마리나가 (공작새) 네 마리가 끄는 수레를 타고 왔기 때문이었다. 피클스 씨 심부름꾼 소년도 뒤에 타고 있었는데 그는 금색과 은색 실로 짠 옷을 입었고, 희뿌연 머리에 삼각모를 썼으며, 분홍색 실크 스타킹을 신었고, 보석 달린 지팡이와 꽃다발을 들고 있었다. 피클스 씨 심부름꾼 소년이 삼각모를 손에 쥐고 정중하게(마법으로 완전히 변신했다) 뛰어내리더니 그랜드마리나에게 손을 내밀었다. 그곳에서 요정은 말린 라벤더 향기를 풍기는 푸르스름한 최고급 실크 드레스를 입고 반짝이는 부채를 부치며 서 있었다.

"오, 귀여운 앨리시아." 이 나이 지긋한 마술사 요정이 말했다. "어떻게 지냈니? 잘 지내길 바랐단다. 내게 입을 맞춰다오."

앨리시아 공주가 그녀를 껴안았다. 그리고는 그랜드마리나가 왕에게로 몸을 돌려 다소 날카롭게 물었다. "자중하며 지냈나?" 왕은 그런 것 같다고 말했다.

"이제 이유를 알겠는가?" 공주에게 다시 입을 맞추며 요정이 말했다. "왜 여기 있는 나의 대녀가 생선뼈를 더 빨리 사용하지 않았는지 말일세."

왕은 부끄러워 고개를 떨구었다.

59

"음! 하지만 그때는 알지 못했겠지?" 요정이 말했다.

왕은 더욱 부끄러워 고개를 떨구었다.

"더 묻고 싶은 이유라도 남았는가?" 요정이 말했다.

왕은 아니라고 말하며 몹시 창피해했다.

"그럼 자중하게. 그리고 앞으로는 행복하게 살게."라고 요정이 말했다.

그런 다음 그랜드마리나가 부채를 흔들자 여왕이 가장 화려한 드레스를 입고 나타났고, 어린 왕자와 공주 열일곱은 더는 작아서 말려 올라가는 옷이 아닌 머리부터 발끝까지 잘 맞는, 모든 부분에 주름이 잡혀 있어 단을 더 낼 여지가 있는 그런 새 옷을 입고 왔다. 그리고 요정이 부채로 앨리시아 공주를 툭 쳤더니 숨 막힐 것만 같은 큼지막하고 거친 앞치마는 날아가 버리고 마치 작은 신부처럼 공주가 머리에는 오렌지꽃 화관을 쓰고 은색 베일을 드리운 채 눈부시게 아름다운 옷을 입고 나타났다. 부엌 찬장은 저절로 거울이 달린 고풍스러운 목재와 금박을 입힌 옷장으로 바뀌었고, 옷장 안은 모두 그녀를 위한, 그녀에게 정확히 딱 맞는 온갖 종류의 드레스로 가득했다. 천사 같은 아기는 얼굴과 눈이 조금도 아파 보이지 않고 오히려 훨씬 좋아진 채로 혼자서 달려왔다. 그때 그랜드마리나가 공작부인을 소개해달라고 청했

고, 공작부인을 모셔오자 둘 사이에 찬사가 오갔다.

둘이서 약간 속닥거리더니 요정이 큰 소리로 말했다. "그래요, 그녀가 당신에게 말했을 줄 알았어요." 그랜드마리나가 왕과 여왕 쪽을 보고 말했다. "우리는 써튼페르소니오 왕자를 찾아 나설 걸세. 정확히 30분 안에 교회로 부디 왕림해주기 바라네." 요정과 앨리시아 공주가 수레에 올라탔다. 피클스 씨의 소년은 홀로 반대편 의자에 앉아 있던 공작부인을 인도했다. 그가 계단을 거둬 올리고 뒤에 타자 공작새가 꼬리를 뒤로 빼고 날아갔다.

써튼페르소니오 왕자는 홀로 앉아 보리엿을 먹으며 아흔이 되기만을 기다리고 있었다. 창문으로 공작새와 그 뒤로 수레가 함께 오는 것을 보았을 때 왕자는 불현듯 뭔가 심상치 않은 일이 생길 것 같다고 예감했다.

"왕자, 신부를 데려왔네." 그랜드마리나가 말했다. 요정이 그 말을 뱉자마자 써튼페르소니오 왕자의 얼굴에서는 끈적이던 것이 떨어졌고, 그의 재킷과 코듀로이 바지는 복사꽃 색 벨벳 옷으로 바뀌었으며, 머리칼은 곱슬곱슬해졌고, 깃털 달린 모자가 새처럼 날아오더니 그의 머리에 내려앉았다. 그는 요정의 청에 따라 수레에 올라탔고 그곳에서 전에 본 적 있는 공작부인과 다시 인사를 나눴다.

교회에는 왕자의 친척들과 친구들, 앨리시아 공주의 친척과 친구들, 왕자와 공주 열일곱, 아기, 이웃들이 모여 있었다. 결혼식은 더할 나위 없이 아름다웠다. 공작부인은 신부 들러리를 섰고 연단에서 식을 바라보는 동안 책상 쿠션이 그녀를 지탱해주었다.

그랜드마리나는 예식 후 온갖 먹을 것과 마실 것이 가득한 근사한 결혼식 피로연을 제공했다. 웨딩 케이크는 하얀 새틴 리본과 눈송이 같은 은장식, 하얀 백합으로 정교하게 장식되었으며 둘레가 무려 38미터나 되었다.

그랜드마리나는 어린 부부를 위해 사랑의 축배를 들었고, 써튼페르소니오 왕자는 소감을 이야기했으며, 모든 이들이 "힙, 힙, 힙, 호레이!"라고 외쳤다. 그랜드마리나는 왕과 여왕에게 앞으로는 연간 여덟 번의 분기별 봉급일이 있을 것이며 윤년에는 열 번 있을 것이라고 공표했다. 그런 다음 써튼페르소니오와 앨리시아를 돌아보며 말했다. "사랑스러운 그대들에게는 자식 서른다섯이 생길 것이고 하나같이 착하고 예쁠 것이야. 남자아이 열일곱에 여자아이 열여덟이 되겠지. 너희 아이들의 머리는 모두가 자연스럽게 곱슬곱슬할 거야. 아이들은 홍역에 걸리지도 않을 것이며, 태어나기도 전에 백일해에서 회복되고 있겠지."

그처럼 좋은 소식을 듣고는 모두가 "힙, 힙, 힙, 호레이!"라고 다시금 외쳤다.

"이제는 이 생선뼈를 끝장내는 일만 남았군." 그랜드마리나가 마무리를 지었다.

그랜드마리나가 앨리시아 공주의 손에서 생선뼈를 집어 들자 곧바로 그 뼈가 작지만 사납게 짖어대는 무시무시한 옆집 개 퍼그의 목구멍으로 날아가 개를 헉헉대게 했고, 그러다가 개는 경기를 일으키며 생을 마감했다.

3부

로빈 레드포스 중령이
쓴 사랑 이야기

우리가 이제 이야기하려는 주인공은 비교적 이른 나이에 해적이라는 직업에 평생 몸 바쳐온 것처럼 보일 것이다. 우리는 그가 총 백 개가 장착된 화려한 스쿠너둘 내지 네 개의 돛대에 세로돛을 단 범선·역주를 지휘하는 것을 보게 되는데 그때 그는 아직 그의 열 번째 생일을 기념하는 파티를 하기도 전이었다.

우리의 영웅은 자신이 괴롭힘을 당하고 있다는 생각에서 신사 대 신사로 라틴어 문법 선생에게 마땅히 배상할 것을 요구했던 것 같다. 하지만 배상을 받지 못하자 그는 그런 수준 낮은 상대에게 내보인 자신의 드높은 기상을 조용히 거둬들이고는 중고 권총을 사고, 종이팩에 샌드위치를 약간 접어 넣고, 스페인산 감초 맛 음료를 만들어 병에 담은 다음, 용맹한 직업 전선으로 출격

했다.

그의 이야기가 시작되는 내내 볼드하트(이름 자체가 그러니 어쩌겠는가!)만 쫓아다니다보면 지루해지기 마련이다. 그러니 우리는 볼드하트의 지위가 선장이고, 그가 중국해에 떠 있는 그의 스쿠너 '미인호'의 뒷갑판 바닥에 깔린 붉은 양탄자 위에 제복 차림으로 비스듬히 누워 있다는 것을 이미 알고 있다고 해두자. 아름다운 저녁이었고, 선원들이 삼삼오오 모여들어 주변에 앉자 그가 다음과 같은 노래로 그들을 즐겁게 해줬다.

오, 뭍사람들은 어리석지!

오, 해적들은 즐겁지!

오, 디드럼 돌리,

디!

(다 함께) 어기야디야 닻 감아라!

71

볼드하트가 풍부한 음성으로 앞 소절을 부르면 일반 선원이 다 함께 거친 목소리로 장단을 맞추면서 바다에 울려 퍼지는 이 생기 넘치는 소리, 이 소리가 사람 마음을 얼마나 편안하게 할지는 설명하긴 복잡해도 아마 쉽게 상상이 되리라!

바로 이런 분위기에서 돛대 꼭대기에서 망을 보던 선원이 한마디 던졌다. "고래다!"

모두 활동개시다.

"어디로 갔나?" 볼드하트 선장이 벌떡 일어나 외쳤다.

"왼쪽 뱃머리 쪽입니다, 선장님." 돛대 꼭대기에 있던 선원이 굳이 모자를 매만지며 대답했다. 그런 동작은 '미인호'에 승선한 이들이 지켜야 할 최상의 규율이었고, 아무리 높이 있더라도 규율을 염두에 두어야지, 그렇지 않으면 머리에 총알이 날아들 것이기 때문이었다.

"이는 나와 고래의 사투다." 볼드하트가 말했다. "작살을 다오. 아무도 따라나서지 말라." 그렇게 말하고 선장이 혼자서 보트로 훌쩍 뛰어들더니 괴물 고래가 있는 방향으로 노련하게 노를 저어 갔다.

모두가 흥분에 휩싸였다.

"그가 그에게 다가간다!" 나이 많은 선원이 작은 망원경으로 선장을 쫓으며 말했다.

"그가 그를 덮쳤어!" 이번에는 애송이지만 역시 작은 망원경을 들고 보던 선원이 말했다.

"그가 그를 우리 쪽으로 끌고 온다!" 열의에 가득 찬 선원이 역시나 작은 망원경으로 보며 말했다.

정말 선장이 다가오고 있었고, 그 거대한 덩치가 뒤따라오는 게 보였다. 그가 아무렇지도 않게 뱃머리로 뛰어올라와 선원들에게 큰 선물을 안겼을 때 귀청이 터지도록 들었던 '볼드하트! 볼드하트!'라는 외침을 우리는 곱씹지는 않을 것이다. 그들은 그후에 그걸로 2,417파운드 10 그리고 6펜스를 받았다.

선장은 전열을 가다듬으라고 명령하며 이제 서북서 방향에 섰다. '미인호'는 검푸른 바다 위에 떠 있다기보다는 날아다녔다. 한 2주 동안은 유혈이 낭자한 끝에 고가의 짐을 실은 네 척의 스페인 상선과 남미에서 온 작은 돛배를 차지한 것 외에는 그다지 특별한 일은 생기지 않았다. 활동이 뜸해지자 선원들의 진취적인 기상도 영향을 받기 시작했다. 볼드하트 선장은 선원들을 모두 고물배의 뒷부분·역주 쪽으로 집합시키고는 "너희 중에 불만 있는 사람이 있다고 들었다. 그런 사람은 앞으로 나와라."라고 말했다.

"아아, 선장님!" 같은 표현과 "유니언잭", "관둬!", "우현으로", "좌현", "기움 돛대" 등 반항적 기운이 감도는 듯한 지시어들을 내뱉는, 비록 작지만 웅성거리는 소리가 들리더니 선원들 가운데 앞 돛대 망루의 책임자 빌 부지가 앞으로 나왔다. 체구가 거인

같은 그였지만 선장 앞에서는 기가 꺾였다.

"문제가 뭐냐?" 선장이 말했다.

"아, 아시다시피, 볼드하트 선장님." 체구가 큰 빌이 대답했다. "저는, 어릴 때부터 쭉, 오랜 세월, 배를 탔습니다만, 여태 선원들 홍차에 넣어 마시라고 우유를 주는지는 몰랐구먼요. 이 배에 타고 있는 것만큼 홍차가 신물 난다지요."

바로 그때 "사람이 배 밖으로 떨어졌다!"라는 오싹한 외침이 놀란 선원들 귀에 들렸다. 선장이 (그저 깊은 생각에 잠겨) 손을 허리에 차고 있던 믿음직한 소총으로 가져가자 빌 부자가 뒷걸음질 치다가 그만 균형을 잃고 거품이 이는 파도와 사투를 벌이게 된 것이다.

모두가 망연자실했다.

그러나 정말 눈 깜짝할 사이에 볼드하트 선장이 제복에 주렁주렁 매달린 갖가지 값비싼 훈장은 아랑곳하지 않고 제복을 훌렁 벗어 던지고는 물에 빠져 허우적대는 거인을 뒤따라 바다에 뛰어들었다. 보트가 내려지자 흥분이 점점 고조되었다. 선장이 물에 빠진 선원을 물어 올리는 게 보이자 기쁨은 배가 되었다. 둘 다 '미인호' 갑판 한가운데로 다시 모습을 드러내자 귀청이 터질 듯한 함성이 뒤따랐다. 볼드하트 선장이 젖은 옷을 마른 옷으로

갈아입은 그 짧은 순간, 그에게는 변변찮지만, 세상에 다시없을 헌신적인 친구, 윌리엄 부지가 생겼다.

　볼드하트는 이제 수평선을 가리켰고, 요새의 총포 아래쪽 항구에 숨어 있는 배의 테이퍼 스파돛이나 폴, 활대 등 삭구를 지탱하는 막대·역주를 눈여겨보라고 했다.

　"해가 솟으면 저 배는 우리 것이 될 것이다. 그로그주럼과 물을 탄술·역주를 두 배로 내오너라. 그리고 전투를 준비해라."

　모두가 준비했다.

　밤잠을 설치고 동이 텄을 때 낯선 배가 항구에서 벗어나 전투를 개시하기 위해 돛을 전부 올리는 게 보였다. 두 배가 서로 점점 가까워졌을 때 그 낯선 배가 총을 발사하고 로마 깃발을 들어 올렸다. 그때 퍼뜩 볼드하트에게는 그 배가 라틴어 문법 선생의 범선일지도 모른다는 감이 왔다. 그 배는 정말로 선생의 배였고, 그가 방랑자의 삶을 택한 순간부터 정처 없이 침로를 바꾸며 세상을 떠돌고 있었다.

볼드하트가 선원들을 향해 말했다. 그들 명성에 그게 필요하다는 확신이 들면 저들을 날려버리겠다고 약속하면서, 단 라틴어 문법 선생은 생포하라고 명령했다. 그런 다음 그들에게 각자 자리로 해산하라고 했고, 전투는 '미인호' 뱃전의 대포 발사와 더불어 시작되었다. 미인호는 이리저리 방향을 틀며 또 다른 배에 포를 마구 쏟아냈다. '전갈호'(라틴어 문법 선생의 범선에 딱 어울리는 이름이었다)도 보복 공격을 늦추지 않았다. 그리고 무시무시한 포성이 뒤따랐다. '미인호'의 총포가 엄청난 위력을 발휘하는 순간이었다.

연기와 불길이 치솟는 가운데 라틴어 문법 선생이 고물 위에서 선원들을 격려하고 있는 게 보였다. 공정하게 말해서 그는 겁쟁이가 아니었다. 물론 그의 흰 모자와 회색 반바지, 발꿈치까지 닿는 칙칙한 고동색 긴 외투(그가 볼드하트를 괴롭혔을 때 입었던 것과 완전히 똑같은 외투다)는 볼드하트 선장의 빛나는 제복과 비교하면 한없이 볼품없었지만 말이다. 그 순간, 볼드하트는 창을 잡고, 직접 선봉에 서서 승선 명령을 내렸다.

해먹 그물에서—대충 그 방향 어디에선가—필사적인 전투가 뒤따랐다. 마침내 모든 돛대가 사라지고, 배의 선체와 삭구가 관통되고, 볼드하트가 칼로 길을 가르며 자신을 향해 돌진해 오는 것을 본 라틴어 문법 선생이 직접 자기 배의 깃발을 내리고, 자신의 검을 볼드하트에게 내어주더니 살려달라고 애걸했다. '전갈호'가 갑판 위에 있던 모든 것들과 더불어 완전히 가라앉기 전까지 그는 좀처럼 선장의 보트에 들어가려 하지 않았다.

볼드하트 선장이 그의 선원들을 소집할 때 문제가 발생했다. 마지막 전투에서 형제를 잃은 요리사가 분노에 가득 차서 조리칼로 라틴어 문법 선생을 박살내야겠다는 일념으로 그에게 덤벼들자, 선장은 어쩔 수 없이 단검을 날려 그 요리사의 목숨을 거둘 수밖에 없었다.

그런 다음 볼드하트 선장은 라틴어 문법 선생 쪽으로 몸을 돌려 배신행위를 심히 질책하며, 소년을 고의로 괴롭힌 선생이 무슨 벌을 받아야 마땅한지 선원들의 생각을 말해보라고 했다.

그들은 한목소리로 대답했다. "죽음이요."

"그럴 수도 있겠지." 선장이 말했다. "하지만 볼드하트가 승리의 시간을 적의 피로 얼룩지게 했다는 말은 결코 들을 일이 없을 것이다. 소형 경비정을 준비해라."

즉시 경비정이 준비되었다.

"내 비록 네 목숨을 거두지 않더라도 다른 아이들을 괴롭힐 힘만은 네게서 영원히 없애야만 한다. 너는 이 보트에 실려 표류하게 될 것이다. 이 보트에서 너는 노 두 개, 컴퍼스, 럼주 한 병, 물이 든 작은 통 하나, 돼지고기 한 점, 비스킷 한 봉지를 찾게 될 것이며 내 라틴어 문법책도 발견할 테지. 가서 어디 한번 찾을 수 있다면 원주민이나 괴롭혀 보시지!"라고 선장이 말했다.

이 쌉쓰레한 빈정거림을 뼈저리게 느낀 불행한 패배자는 경비정에 실려 곧 멀어져 갔다. 노를 저을 생각도 하지 않고 다리를 위로 올린 채 등을 대고 누워 있는 그의 모습이 최근 망원경에 포착되었다.

이제 바람이 상당히 강해지기 시작했고, 이에 볼드하트 선장은 밤 동안에 배를 달랠 심산으로 서미서로 한두 포인트 떨어뜨리거나 배가 크게 불평하지 않는다면 심지어 서미남으로 떨어뜨려 배를 남남서로 유지하라고 명령했다. 사실 절실하게 휴식이 필요했던 그는 그날 밤 잠이 들었다. 피로가 쌓인 것 외에도 그는

78

용맹한 사령관으로서 말은 안 했지만, 교전 중에 열여섯 군데나 상처를 입었다.

아침에 흰 스콜강우를 수반하지 않는 급진성 폭풍·역주이 그들을 향해 다가오고 있었고, 이어서 다른 갖가지 색깔의 스콜도 그 뒤를 따르고 있었다. 6주간 천둥과 번개가 심하게 쳤다. 두 달간 허리케인이 가실 줄 몰랐다. 물회오리와 토네이도도 뒤를 이었다. 승선한 선원 중 가장 나이 많은 선원─그는 정말 나이가 많다─이 여태껏 이런 날씨는 한 번도 보지 못했다고 했다. 지금 '미인호'가 있는 곳이 어디인지 도통 알 길이 없었고, 목수는 배의 선창에 물이 거의 2미터나 찼다고 보고했다. 날마다 물을 퍼내는 통에 다들 감각을 잃었다.

이제는 식량 창고도 거의 바닥을 드러내고 있었다. 우리의 영웅은 선원에게 얼마 안 되는 할당량을 나누어주고 자신은 배 안에 있는 그 어떤 사람들보다 적은 양을 챙겼다. 하지만 정신력만은 그를 배부르게 했다. 이런 극단의 상황에서도 앞돛대 망루의 책임자 빌 부지─우리 독자들이 기억할 수도 있을 인물─가 지닌 보은의 마음은 애처로울 정도였다. 비록 변변찮지만 다정한 윌리엄 부지는 제 한 목숨 바쳐 선장의 밥상을 지킬 수 있게 해달라고 계속 간청했다.

우리는 이제 상황이 변하는 쪽으로 다가간다. 어느 날 한줄기 희미한 햇빛이 나며 날씨가 온화해졌을 때 돛대 꼭대기에 있던 선원—이제는 너무 지쳐 모자를 만질 기운도 없을뿐더러 모자마저도 이미 온데간데없이 날아가 버린—이 외쳤다.

"야만인이다!"

모두가 기대감에 부풀었다.

이내 카누 1,500대가, 카누마다 노 젓는 야만인 스무 명씩을 태우고, 질서정연하게 다가오고 있는 것이 보였다. 그들은 연두색 차림이었고(야만인들은 그렇다) 다음과 같은 후렴구를 우렁차게 불렀다.

츄아 츄아 츄 투스
먼치, 먼치, 나이시!
츄아 츄아 츄 투스
먼치, 먼치, 나이시!

그즈음 밤의 그림자가 점차 드리워지고 있었기에 이 노래의 가사가 그저 이 단순한 사람들이 저녁을 찬미하는 마음을 표현한 가사겠거니 짐작되었다. 하지만 이 노래가 '우리가 받게 될 것을

위해' 따위로 해석된다는 것이 너무도 금방 드러났다.

선명한 색상의 깃털들로 화려하게 장식하고 전쟁터에 나온 앵무새처럼 위엄 있게 등장한 추장은 그 배가 볼드하트 선장의 '미인호'라는 것을 알아차리기가 무섭게(그는 영어를 완벽히 이해했다) 갑판에 머리를 조아렸다. 아무리 고개를 들라고 해도 선장이 그의 머리를 들어 올리기 전까지는 고개를 들지 않았으며, 선장을 다치게 하지 않겠다고 말했다. 나머지 야만인들 역시 공포에 질린 채 머리를 조아리고 있어 한 명씩 머리를 들어 올려야 했다. 이렇듯 위대한 볼드하트의 명성은 그가 당도하기도 전에 이미 널리 퍼져 있어 이런 자연의 아이들까지 익히 알고 있을 정도였다.

거북이와 굴이 믿기 어려울 만큼 많이 났다. 이것들과 참마로 그들은 푸짐한 음식을 마련했다. 식사를 마치고 추장이 볼드하트 선장에게 마을에 가면 더 배불리 먹을 수 있으며, 선장과 선원들을 기쁜 마음으로 그곳에 모셔가고 싶다고 했다. 배반이 염려됐던 볼드하트는 선원들에게 완전히 무장하고 그를 보좌하라고 명령했다. 다른 지휘관들도 그렇게 예방조치를 했다면 좋았을 텐데—하지만 그런 기댈랑 접어두자.

카누가 해변에 도착했을 때 밤의 암흑은 타오르는 거대한 불빛

에 환해졌다. 보트 선원들(무식하지만 용맹한 윌리엄 부지를 선봉에 두고)에게 가까이에 있으면서 보초를 서라고 명령을 내리고 볼드하트는 추장과 팔짱을 끼고 용감히 걸어갔다.

그러나 야만인들이 앞서 말했던 '우리가 받게 될 것을 위해' 따위로 번역되는 노래를 합창하며, 머리털이 다 깎인 채 광주리 안에 들어가 있는 라틴어 문법 선생 주위를 빙 둘러싸고 손에 손을 맞잡고 춤을 추는 것으로도 모자라, 야만인 둘이 그에게 밀가루를 뿌려대다가 불구덩이에 그를 집어넣어 요리하려고 하는, 이 기막힌 장면을 본 선장의 놀란 표정을 어찌 묘사할 수 있겠는가!

볼드하트는 이제 어떤 행보를 취할지 장교들과 협의했다. 한

편, 불쌍한 포로는 용서를 구걸하며 자기를 보내달라는 애원을 멈추지 않았다. 관대한 볼드하트의 제안에 따라 마침내 그가 요리 되어서는 안 되고, 다음과 같은 두 가지 조건에 따라 산 채로 남을 수 있게 해야 한다는 결론에 이르렀다.

첫째, 앞으로 어떤 상황에서도 주제넘게 학생들에게 다시 뭐든 가르쳐서는 안 될 것.

둘째, 영국으로 돌려보내진다면, 평생 방방곡곡을 돌며 연습문제를 끝마치고 싶어 하는 학생들을 찾아낸 다음, 그런 학생들에게 아무런 대가 없이 연습문제를 끝마치도록 해주고 그에 관해 한마디도 해서는 안 될 것.

볼드하트는 칼집에서 검을 뽑으며 그가 빛나는 칼날에 걸고 이러한 조건을 지키겠다고 맹세하도록 했다. 죄수는 눈물을 펑펑 쏟아냈고, 예전 직장에서 범했던 과오를 뼈저리게 느끼는 것 같았다.

그때 선장은 그의 보트 선원들에게 일제 사격을 준비하라고 명령했고, 발포한 다음에는 신속하게 재장전하도록 했다. "언덕을 넘어가려면 니들한테 스무 발 내지 마흔 발만 쏘면 되겠구먼." 윌리엄 부지가 중얼거렸다. "니들 한 번 쓱 보니 그래." 조롱 섞인 이 말과 함께 백발백중의 윌리엄 부지가 총구를 제대로 거누

었다.

"발사!"

울려 퍼지는 볼드하트의 목소리는 발포 소리와 야만인들의 꽥꽥거리는 소리에 묻혔다. 연발에 연발이 거듭되자 그 소리가 메아리쳐 울려 퍼졌다. 야만인 수백이 죽고, 수백이 다쳤고, 수천이 숲으로 울부짖으며 달아났다. 라틴어 문법 선생은 그에게 주어진 여분의 나이트 캡과 연미복을 받았는데, 등판을 가슴 쪽으로 뒤집어 입었다. 그는 안쓰럽지만 우스꽝스러운 꼬락서니를 하고 있었다. 그래도 싸지, 뭐.

우리는 이제 볼드하트 선장이 죽다 살아난 이 가엾은 인간을

태우고 다른 섬을 향해 나아가는 것을 보게 된다. 이런 섬 중 한 곳에서, 식인종 섬이 아니라 돼지고기와 채소를 먹는 섬에서 볼 드하트 선장(그로서는 순 재미로)은 그 섬의 왕의 딸과 결혼했 다. 여기서 그는 한동안 쉬면서 원주민들에게 많은 진귀한 보석 들과 금가루, 코끼리 상아, 백단 나무를 받으며 점점 부유해졌 다. 하지만 그는 매일같이 선원들에게 값비싼 선물을 만들어 보 냈다.

마침내 배에 더는 실을 데도 없을 만큼 온갖 값진 물건들이 가 득 차자 볼드하트는 닻을 올려 '미인호'의 뱃머리를 영국으로 돌 리라고 명령했다. 이러한 명령은 삼세창과 더불어 이행되었다. 그리고 날이 완전히 저물기 전에 갑판 위에서는 거칠지만 날렵 한 윌리엄이 흥겹게 춤추고 또 춤췄다.

우리는 이제 마데이라 섬에서 12킬로미터 정도 떨어진 곳에서 볼드하트 선장이 그를 향해 다가오는 의심스러운 형상의 낯선 배 한 척을 망원경으로 살피는 장면을 포착하게 된다. 그가 배를 끌어오기 위해 그 배보다 한발 앞서 총을 발사하자 그 배에서 기 를 게양했는데, 그것이 고향 뒤뜰 게양대에 걸린 깃발이라는 것 을 그는 한눈에 알아보았다.

이를 통해 자신의 아버지가 오래전에 잃어버린 아들을 찾기 위

해 출항했을 거라고 추론한 선장은 사정이 정말 그러한지, 그렇다면 아버지의 의도가 한 치도 명예에 벗어나는 점이 없는지 묻고자 보트에 사람을 태워 낯선 배로 보냈다. 보트에 탔던 선원이 채소와 신선한 고기 선물을 가지고 돌아와 보고하기를 낯선 배는 1,200톤급 '가족호'로서 선장의 아버지뿐만 아니라 어머니, 이모, 고모, 이모부, 고모부 다수와 사촌들이 모두 타고 있다고 했다. 볼드하트에게 추가로 보고된 내용은 이러한 친척들 모두가 각자 어울리는 방식으로 자신을 표현했고, 그를 껴안고 싶어 안달이며, 그가 가족의 명예를 한껏 고양한 데 대해 고마워한다고 했다. 볼드하트는 즉시 그들을 다음 날 아침 '미인호'에서 조찬을 함께하자고 초대했고, 온종일 끝나지 않을 화려한 파티를 열라고 주문했다.

라틴어 문법 선생이 영 교화될 가망이 없다는 것을 선장이 확인한 것은 그날 한밤중이었다. 두 척의 배가 서로 가까워질 무렵 이 배은망덕한 역적이 신호로 '가족호'와 교신을 꾀하여 볼드하트를 넘겨주겠다고 제안한 사실이 그만 탄로 났다. 남을 괴롭히는 자가 마주하게 될 최후란 바로 이런 것이라는 볼드하트의 인상적인 말을 들은 것을 끝으로 라틴어 문법 선생은 아침이 되자 맨 먼저 돛의 활대 양쪽 끝에 매달려 생을 마감했다.

선장과 그의 부모의 상봉에는 눈물이 뒤따랐다. 그의 고모와 고모부 역시 눈물 바람으로 상봉 장소에 모습을 드러냈을 테지만, 선장이 그것까지는 참지 않을 터였다. 사촌들은 배의 규모와 선원들의 기강에 몹시 감탄했고, 그의 화려한 제복에 완전히 압도당했다. 그는 배 내부를 친절하게 안내했고, 볼만한 것들을 하나씩 집어 내주었다. 또한, 백 개의 총을 쏘고 그것들이 내는 소리가 얼마나 우렁찬지 흐뭇하게 지켜보았다.

연회는 여태껏 선상에서 본 것들 중 가장 화려했고, 아침 10시에서 다음 날 아침 7시까지 이어졌다. 단 한 가지 불미스러운 사건이 발생했다. 볼드하트 선장은 무례를 범한 죄로 사촌 톰을 철

89

창에 가두지 않을 수 없었다. 그러나 사촌이 행실을 고치겠다고 약속함에 따라 그는 몇 시간 구금된 다음 선처를 받아 풀려났다.

볼드하트는 이제 어머니를 특등실로 모셨고, 이미 세상에 널리 알려진, 그가 사랑하는 젊은 여인의 안부를 물었다. 그의 어머니는 그가 사랑하는 여인이 당시 해수욕하기 좋다는(바야흐로 9월이었다) 장점 때문에 마게이트 학교에 있었지만, 여인의 친구들이 여전히 둘의 결합을 반대하고 있어 걱정된다고 답했다. 볼드하트는 필요하면 마을을 폭격해 버리겠다고 바로 마음먹었다.

이런 마음가짐으로 그의 배를 지휘하고, 전투 선원을 제외한 다른 모두를 '가족호'에 승선하도록 하고, '가족호'에 계속 가까운 거리를 유지하라는 명령을 내린 볼드하트는 곧 마게이트 로드에 닻을 내렸다. 이제 그는 제대로 무장한 채 뭍에 올랐고, 보트 선원들(선봉에는 포악하지만 믿음직한 윌리엄이 나섰다)의 수행을 받았으며, 그가 시장을 보기를 청하자 시장이 공무실에서 나왔다.

"시장, 저기 저 배의 이름을 아시오?" 볼드하트가 사납게 물었다.

"모르겠소." 시장이 이렇게 말하며 크고 멋진 선박이 정박해 있는 것을 보더니 도무지 믿기 어렵다는 듯 눈을 비볐다.

"저 배의 이름은 '미인호' 일세." 선장이 말했다.

"하!" 시장이 깜짝 놀라서 소리쳤다. "그렇다면 그대는…볼드하트 선장?"

"그렇소."

잠시 침묵이 뒤따랐다. 시장은 바들바들 떨었다.

"자, 시장. 선택하시게! 나를 도와 내 신부에게 데려가든지 폭격을 당하든지."

시장은 젊은 여인의 행방을 여기저기 물을 수 있도록 두 시간만 말미를 달라고 부탁했다. 볼드하트는 그에게 한 시간만 주겠다고 했고 그 한 시간 동안 그를 감시하도록 윌리엄 부지를 배치했다. 칼을 빼 들고 그가 어디를 가든 그와 함께 가고 허튼짓이라도 할 기미가 보이면 가차 없이 칼로 베어 버리라고 지시했다.

약속한 시각에 이르렀을 때 시장은 거의 초주검이 되어 나타났고, 가까이에서 대기 중인 부지는 그 어느 때보다 팔팔했다.

"선장." 시장이 말했다. "그 젊은 여인이 해수욕하러 갈 것이라는 정보를 내 입수했소. 그녀는 이동식 탈의실을 사용하고자 아직도 자기 차례를 기다리고 있소. 물이 점점 차오르고 있지만, 지금은 썰물 때요. 나는 우리 마을의 보트 중 하나에 타고 있으니 의심받지 않았을 것이오. 그녀가 수영복을 입은 다음 탈의실

가리개 뒤에서 나와 얕은 물로 첨벙 들어갈 때 내가 보트로 그녀를 막고 서서 되돌아가지 못하게 하리다. 나머지는 당신 몫이요."

"시장, 그대는 그대의 마을을 살렸도다!" 볼드하트 선장이 대꾸했다.

그때 선장이 그의 배에 신호를 보내 시장을 내리게 하고 그가 직접 배의 키를 잡고선 선원들에게 해수욕장까지 노를 저어 간 다음 그곳에서 노 젓던 손을 쉬게 하라고 명령했다. 모든 것이 준비한 대로 착착 진행되었다. 마침내 그의 귀여운 신부가 얕은 물로 들어가 앞으로 나아갔고, 시장이 그녀 뒤로 미끄러지듯 다가갔으며, 그녀는 어리둥절해하다가 제 키도 넘는 물에 붕 떠올랐다. 바로 그때 보트의 선원이 방향타를 능숙하게 잡고 살짝 놀리자 그녀가 사랑하는 볼드하트 선장이 거센 양팔로 힘껏 그녀를 안아 올렸다. 거기서 그녀가 내지른 공포의 비명은 기쁨의 눈물로 변했다.

'미인호'가 다시 출항할 수 있기 전에 마을과 항구의 모든 깃발이 게양되고 종마다 종소리가 울려 퍼지며 용맹한 볼드하트가 두려워할 것은 아무것도 없음을 알렸다. 그리하여 볼드하트가 그 자리에서 결혼하겠다고 마음을 굳히고 성직자이자 서기에게

신호를 보내자 그가 '종달새호'라는 이름의 배에서 즉시 튀어나왔다. 또 한 번의 굉장한 연회가 '미인호' 선상에서 열렸고, 그런 와중에 시장이 칙사에 의해 소환되었다. 시장은 볼드하트 선장이 해적이 됨으로써 나라에 위대한 업적을 일구었고 이를 정부가 인정하여 볼드하트 선장을 중령으로 임명하려는데 선장이 받아들일지 알고 싶다는 소식을 안고 돌아왔다. 볼드하트 자신은 그런 직함이 하잘것없는 혜택일 뿐이라며 퇴짜를 놓으려고 했지만, 신부가 원했던 만큼 받아들이겠다고 했다.

훌륭한 선박인 '가족호'에 탄 모두가 선물을 한 아름 안고 내릴 수 있기까지 단 한 가지 사건이 발목을 잡았다. 기록하는 것도 괴롭지만(하지만 개중에는 천성적으로 그런 사촌들이 있다) 볼드하트 선장의 버릇없는 사촌 톰이 '건방진 데다 남을 업신여긴 죄'로 채찍용 밧줄에 묶여 서른여섯 대를 맞을 참이었다. 그때 볼드하트 선장의 신부가 선처를 호소하여 그는 풀려나게 되었다. 선장과 그의 신부는 이제 새로 단장한 '미인호'를 타고 인도해를 향해 떠나며 영원한 기쁨의 시간을 만끽했다.

4부

네티 애시퍼드가
쓴 사랑 이야기

내가 지도를 보는 데 좀 더 익숙해지면 여러분에게 보여줄 나라가 있는데, 그곳에서는 아이들이 하고 싶은 대로 하고 산다. 그 나라는 정말 살기에 신나는 곳이다. 어른들은 아이들의 말에 복종해야 하며 자신들의 생일을 제외하고는 똑바로 앉아 저녁 식사하는 것이 절대 허용되지 않는다. 아이들은 어른들에게 잼과 젤리와 마멀레이드, 타르트와 파이와 푸딩과 갖가지 페이스트리를 만들어달라고 주문한다. 어른들이 만들지 않겠다고 하면 만들 때까지 한쪽 구석에 서 있게 한다. 그들도 가끔은 조금 먹을 수 있도록 해주지만, 그들에게 주어지는 것은 대개 먹다 남은 가루뿐이다.

이 나라 주민 가운데 오렌지 부인이라는 정말로 사랑스러운 어린 여자는 불행하게도 여러 가족에게 시달림을 받았다. 그녀의 부모는 늘 그들에게 관심을 두고 보살펴주기를 바랐고, 부모에게 딸린 친구들과 친척들은 좀처럼 짓궂게 굴지 않을 때가 없었다. 그래서 오렌지 부인은 혼자 중얼거렸다. "난 정말 더는 이런 고문에 시달릴 수 없어. 그들을 모두 학교로 보내 버려야만 해."

오렌지 부인은 앞치마를 벗고 드레스로 근사하게 갈아입은 다음, 아기를 데리고 예비 학교를 경영하는 레몬 부인이라는 또 다른 여자 집을 방문하고자 밖으로 나왔다. 오렌지 부인은 스크레이퍼긁개가 달린 땅을 고르는 장비·역주 위에 올라서서 종의 끈을 잡아당겨 링─팅─팅 소리를 냈다.

레몬 부인을 위해 일하는 말끔하고 아담한 가정부가 통로를 따라 나오면서 양말을 위로 잡아끌며 링─팅─팅 소리에 응답했다.

"좋은 아침이에요." 오렌지 부인이 말했다. "날씨 참 좋네요. 잘 지냈어요? 레몬 부인 집에 있죠?"

"네, 사모님."

"오렌지 부인과 아기가 왔다고 좀 말해줄래요?"

"네, 사모님, 들어오세요."

오렌지 부인의 아기는 매우 예뻤고, 여기저기에서 진짜 윤이 났다. 레몬 부인의 아기는 가죽과 왕겨였다. 하지만 레몬 부인이 아기를 품에 안고 응접실로 들어오자 오렌지 부인은 공손히 말했다. "좋은 아침이에요. 날씨 참 좋네요. 어떻게 지냈어요? 우리 귀여운 투트레움부츠는 어때요?"

"글쎄요, 잘 있지만, 기분이 영 별로예요. 젖니가 나는 중이라서요." 레몬 부인이 말했다.

"아, 저런! 부인. 자지러지지는 않죠?"

"네, 부인."

"이가 모두 몇 개죠, 부인?"

"다섯 개랍니다, 부인."

"우리 에밀리아는, 부인, 여덟 개예요." 오렌지 부인이 말했다. "우리끼리 담소를 나누는 동안 아이들을 벽난로 선반 위에 나란히 앉혀놓으면 어떨까요?"

"좋고말고요, 부인." 레몬 부인이 말했다. "에헴!"

"첫 번째 질문은요, 부인." 오렌지 부인이 말했다. "저 때문에 지루한 건 아니죠?"

"절대 아니에요, 부인. 그럴 리가요. 안심하세요." 레몬 부인이 말했다.

"그럼 간절히 바라건대" 오렌지 부인이 말했다. "저 혹시 빈자리가 있을까요?"

"네, 부인. 얼마나 많이 필요한가요?"

"저, 사실은요, 부인." 오렌지 부인이 말했다. "전 생각을 마무리 지었답니다. 우리 아이들―아차, 미리 일러둔다는 것을 하마터면 깜빡할 뻔했다. 그 나라에서는 어른들을 아이들이라고 부른다―그러니까 우리 아이들을 저 혼자 감당하는 게 점점 너무 버거워져서요. 자 한번 세어 볼게요. 부모 둘에, 그들의 친한 친구 둘, 대부 한 분에 대모 두 분, 그리고 고모까지. 공석이 여덟 자리나 있을까요?"

"딱 여덟 자리 비었네요, 부인." 레몬 부인이 말했다.

"어머, 정말 다행이네요! 계약 조건은 적절하겠죠? 그렇게 생각합니다만."

"매우 적절합니다, 부인."

"식단도 괜찮겠죠? 믿어도 되죠?"

"매우 훌륭합니다, 부인."

"무제한인가요?"

"무제한입니다."

"어머, 정말 만족스럽네요! 체벌은요? 없앴나요?"

"저, 가끔 흔들기는 합니다." 레몬 부인이 말했다. "그리고 손바닥으로 찰싹 때리기도 하죠. 하지만 아주 심한 경우에만 그렇습니다."

"저기, 부인. 시설을 한번 쭉 둘러봐도 될까요?" 오렌지 부인이 말했다.

"그럼요. 편히 둘러보세요, 부인." 레몬 부인이 말했다.

레몬 부인은 오렌지 부인을 교실로 데려갔고, 그곳에는 학생들이 많았다. "일어나세요, 여러분!" 레몬 부인이 말하자 모두가 자리에서 일어났다.

오렌지 부인이 레몬 부인에게 속삭였다. "저기 안색도 안 좋고 머리가 벗겨진 저 아이 있죠? 붉은 구레나룻을 기르고 망신당하는 저 아이요. 그가 무슨 짓을 했는지 한 번 여쭤봐도 될까요?"

"화이트, 앞으로 나오너라." 레몬 부인이 말했다. "이 부인께 네가 뭘 하고 있었는지 말해 보아라."

"경마에 돈을 걸던 중이요." 화이트가 심드렁하게 말했다.

"이 못된 녀석, 네 행동이 부끄럽겠지?" 레몬 부인이 말했다.

"아뇨." 화이트가 말했다. "잃으면 부끄럽겠지만, 이기면 하등 부끄러울 이유가 없죠."

"참 버릇없는 아이랍니다, 부인." 레몬 부인이 말했다. "헛소리 그만하고 저리 가시죠, 선생! 오렌지 부인, 얘는 브라운이에요. 브라운은 참 안타까운 경우죠! 아무리 많이 먹었어도 그럴 때

조차 만족할 줄 모르니까요. 탐욕스럽죠. 신경통은 좀 어때요, 선생?"

"안 좋아요." 브라운이 말했다.

"달리 뭘 기대할 수 있겠니?" 레몬 부인이 말했다. "네 위는 2인분 크기인데. 어서 가서 운동부터 하려무나. 블랙 여사, 여기로 와 보시죠. 오렌지 부인, 여기 있는 아이는요, 맨날 놀기만 한답니다. 단 하루도 집에 함께 있지 못한답니다. 맨날 싸돌아다니고 옷은 늘 더러워지죠. 놀고, 놀고, 놀고, 놀고, 아침부터 밤까지, 다시 아침까지요. 어떻게 하면 좀 나아지기를 기대할 수 있을까요?"

"기대는 접어두시죠. 그럴 생각 없으니." 블랙 부인이 뾰로통하게 말했다.

"성격 참 별난 종이죠, 부인." 레몬 부인이 말했다. "그녀가 다른 것들은 죄다 무시하고 정신없이 날뛰는 것을 볼 때만 해도 그래도 참 쾌활한 아이겠거니 생각될 거예요. 하지만 맙소사! 부인, 그녀는 이제껏 당신이 살아오면서 만났던 그 누구보다 건방지고 되바라진 깍쟁이랍니다."

"아이들 때문에 참 고생이 많겠어요, 부인." 오렌지 부인이 말했다.

"아, 그렇죠. 정말 그래요, 부인." 레몬 부인이 말했다. "아이들은 성질부리지, 툭하면 싸우지, 뭐가 자신들에게 좋은지도 모르지, 맨날 으스대고 싶어 하지, 이런 무분별한 아이들로부터 저 좀 구해주세요!"

"아, 아침 잘 보내시기 바랄게요, 부인." 오렌지 부인이 말했다.

"아, 아침 잘 보내시기 바랄게요, 부인." 레몬 부인이 말했다.

그래서 오렌지 부인은 그녀의 아기를 데리고 집으로 가서 그녀를 그토록 괴롭히는 가족들에게 그들 모두 학교로 보내질 거라고 말했다. 그들은 학교에 가고 싶지 않다고 말했다. 하지만 그녀는 그들의 짐을 쌌고, 모두 보내 버렸다.

"오 세상에, 세상에. 쉬고 나면 절로 감사 인사가 나온다더니!" 오렌지 부인이 그녀의 작은 팔걸이의자에 몸을 던지며 말했다. "잘만 하면 골칫거리들을 다 사라지게 할 수 있겠어!"

바로 그때 앨리컴페인 부인이라는 또 다른 부인이 오더니 길가 쪽 문에서 링—팅—팅 벨을 울렸다.

"앨리컴페인 부인." 오렌지 부인이 말했다. "잘 지내셨어요? 와서 중식까지 들고 가세요. 우리 집에는 달콤한 것들을 그저 버무려놓은 거랑 후식으로 당밀빵 정도밖에 없지만요. 그래도 부인이 우릴 보는 그대로 받아들인다면 정말 고맙겠어요!"

"그런 말씀 마세요." 앨리컴페인 부인이 말했다. "저 또한 정말 기분 좋을 거예요. 하지만 제가 온 이유가 뭐라고 생각하세요, 부인? 한번 알아맞혀 보세요."

"정말 짐작이 안 가는데요, 부인." 오렌지 부인이 말했다.

"오늘 우리 집에서 아이들을 위한 작은 파티를 열 예정인데요. 오렌지 부부와 아기가 함께 온다면 완벽한 파티가 될 거예요." 앨리컴페인 부인이 말했다.

"장담컨대 황홀한 파티 그 이상이겠죠!" 오렌지 부인이 말했다.

"과찬이세요." 앨리컴페인 부인이 말했다. "하지만 아이들이 당신을 따분하게 하지 않을까요?"

"귀여운 녀석들! 전혀요." 오렌지 부인이 말했다. "전 아이들을 애지중지한답니다."

오렌지 씨가 이제 런던에서 집으로 돌아왔다. 그리고 그도 집에 와서는 또 링—팅—팅 벨을 울렸다.

"제임스, 내 사랑." 오렌지 부인이 말했다. "피곤해 보이네요. 오늘 런던에서 무슨 일이 있었던 거죠?"

"트랩, 배트, 볼 게임을 했다오, 여보." 오렌지 씨가 말했다. "게임은 남자를 나가떨어지게 하지."

"정말 무섭도록 걱정스러운 도시네요. 정말 피곤하죠. 안 그런가요?" 오렌지 부인이 앨리컴페인 부인에게 말했다.

"아, 정말 지치죠!" 앨리컴페인 부인이 말했다. "존은 최근 팽이 시합에 손을 대고 있어요. 저는 밤이면 종종 그에게 묻는답니다. '존, 정말 녹초가 돼 버렸군요! 그런데 그만한 보람이 있던가요?'라고요."

그즈음 중식이 준비되었다. 그래서 그들은 식사를 하기 위해 자리에 앉았다. 오렌지 씨가 설탕 버무리를 큼직하게 썰면서 "즐길 줄 모른다면 불쌍한 거요. 제인, 와인 저장고로 내려가서 최상의 진저비어를 한 병 가져오구려."라고 말했다.

오후 차 마시는 시간 무렵 오렌지 부부와 아기와 앨리컴페인 부인은 앨리컴페인 부인네 집으로 향했다. 아이들은 아직 오지 않았다. 그러나 파티장은 이미 아이들을 위해 종이꽃 장식까지 준비되어 있었다.

"어머나, 자상하기도 해라!" 오렌지 부인이 말했다. "어쩜 정말 예뻐요! 아이들이 얼마나 기뻐할까요?"

"난 아이들을 좋아하지 않소." 오렌지 씨가 하품을 하며 말했다.

"여자아이들은 아니죠? 여자아이들은 좋아하죠?" 앨리컴페인 부인이 물었다.

오렌지 씨가 고개를 흔들더니 다시 하품을 했다. "변덕스럽고 허영심 많잖소, 부인."

"오 제임스." 곁눈으로 이리저리 살피던 오렌지 부인이 외쳤다. "여기 좀 봐요. 사랑하는 아이들을 위한 저녁이에요. 접이식 문 뒤에 있는 쪽방에 이미 차려뒀네요. 여기 아이들이 먹을 작은 절인 연어가 있네요. 자신 있게 말할 수 있어요! 여기 아이들이 먹을 샐러드 조금이랑요, 아이들이 먹을 로스프 비프와 닭고기도 조금 있구요. 아이들이 먹을 페이스트리도 조금 준비되었어요. 그리고 아이들이 마실 샴페인도 아주 아주 아주 조금이요!"

"그래요, 제 생각엔 그게 최상이다 싶어서요, 부인." 앨리컴페인 부인이 말했다. "아이들이 저녁을 스스로 먹어야죠. 우리 상은 여기 구석에 따로 준비되어 있어요. 신사 분들을 위해 니거 스포도주, 더운물, 설탕, 레몬 등을 넣은 음료·역주도 잔에 따로 마련되었고요, 달걀 샌드위치도 있고, 조용히 즐길 수 있는 카드 따먹기 게임도 준비되어 있고, 구경만 해도 되고요. 우리 부인들은요, 우리야 손님들 뒤치다꺼리하는 것만으로도 충분히 할 일이 많을 것 같아서요."

"아, 정말이에요. 말씀 잘 하셨어요! 그걸로 충분하답니다, 부인." 오렌지 부인이 말했다.

손님이 들어오기 시작했다. 첫 번째 손님은 흰머리를 틀어올리고 안경을 쓴 통통한 남자아이였다. 가정부가 그를 안으로 데려오더니 "와, 첫 번째에요! 그런데 애를 몇 시에 데려가기로 했죠?"라고 말했다. "10시에서 단 1분도 늦으면 안 되죠. 어서 오렴. 가서 앉아요." 앨리컴페인 부인이 말했다. 그러고 나서 다른 아이들도 많이 들어왔다. 홀로 온 남자아이들, 홀로 온 여자아이들, 같이 온 남녀 아이들이 우르르 왔다. 그들은 전혀 행실이 바르지 않았다. 일부 아이들은 알 하나짜리 안경으로 상대를 보면서 "쟤들은 누구지? 모르겠는데."라고 말했다. 일부 아이들은 알 하나짜리 안경으로 상대를 보면서 "처음 보는구려."라고 말했다. 일부 아이들은 차나 커피 좀 건네달라고 다른 이들에게 시키면서 "고맙네. 픽!"이라고 말했다. 남자아이들 상당수는 서성거리면서 그들의 셔츠 깃을 의식했다. 골치 아픈 뚱뚱한 남자아이 넷이 출입구를 막고 서서 신문에 관해 이야기하려 하자, 앨리컴페인 부인이 그들에게 다가가서 말했다. "여러분이 사람들을 못 들어가게 막고 있는 것은 허용 못해요. 이렇게까지 하기 정말 미안한데 여러분이 모든 사람의 길을 막고 서 있겠다면 저로서는 정말 여러분을 집으로 돌려보낼 수밖에 없어요." 턱수염을 기르고

111

커다란 흰색 연미복 조끼를 입고, 난로 앞 양탄자에 양다리를 떡 걸치고 서서 조끼 뒷자락을 덥히고 있던 한 소년이 집으로 보내졌다. "대단히 옳지 않은 행동이란다, 얘야." 앨리컴페인 부인이 그를 방 밖으로 넘기며 말했다. "그리고 그런 행동은 봐줄 수가 없어요."

하프, 코넷, 피아노로 구성된 아이들 연주밴드가 있었고, 앨리컴페인 부인과 오렌지 부인은 아이들 사이에 끼어 파트너를 선택해서 춤을 추라고 권하고 있었다. 하지만 아이들이 어찌나 고집을 부리던지! 상당히 오랜 시간 동안 그들은 파트너를 선택해서 춤을 추라는 권유에 넘어가지 않으려 했다. 남자아이들 대부분은 "고맙네요. 픽! 하지만 지금은 말고요."라고 했다. 그리고 남자아이들 나머지 대부분은 "고맙네요. 픽! 하지만 그럴 일은 없을 거요."라고 했다.

"아, 이 아이들은 정말 피곤하군요!" 앨리컴페인 부인이 오렌지 부인에게 말했다.

"귀여운 녀석들! 난 아이들을 애지중지해요. 하지만 아이들이 피곤하긴 하죠." 오렌지 부인이 앨리컴페인 부인에게 말했다.

마침내 그들이 느릿느릿 울적하게 음악에 맞춰 몸을 흐느적거리기 시작했다. 그때조차 그들은 들은 말을 개의치 않으려 하고

이 파트너를 취하려 하고 저 파트너는 취하지 않으려 하고 그에 관해 화를 냈다. 그리고 그들은 웃으려 하지 않았다—아니, 무슨 일이 있어도 웃으려 하지 않았다. 하지만 음악이 멈추자 둘씩 짝을 이뤄 마치 나머지 사람들이 모두 죽기라도 한듯 침울하게 방을 돌고 돌았다.

"아, 짜증나게 구는 이 아이들을 즐겁게 해주는 게 여간 힘든 일이 아니네요!" 앨리컴페인 부인이 오렌지 부인에게 말했다.

"전 이 귀여운 아이들을 애지중지해요. 하지만 힘드네요." 오렌지 부인이 앨리컴페인 부인에게 말했다.

그들은 정말이지 청개구리 같은 아이들이었다. 우선 그들은 노래 한번 불러 보라는 부탁을 받았을 때는 부르지 않으려 했다. 그리고 나서 모두가 그들이 노래를 부르지 않을 거라고 단단히 믿고 있을 때 그제야 부르겠다고 했다. "네가 우리에게 계속 그렇게 나오겠다면, 이렇게까지 하기는 괴롭지만 네게 침대를 내어주고 당장 자라고 보내 버릴 테다."라고 앨리컴페인 부인이 가장자리가 레이스로 장식된 옅은 자주색 실크 옷을 걸치고 하얀 등판을 상당히 드러낸 키 큰 아이에게 말했다.

여자아이들도 어찌나 꼴사납게 차려입었는지 저녁 식사 전에 그들이 걸친 건 누더기였다. 어떻게 남자아이들이 옷자락을 밟지 않고 그냥 지나칠 수 있겠는가! 하지만 막상 옷자락이 밟히면 여자아이들은 종종 다시 성질을 내며 노려보기 일쑤였다. 정말 그랬다! 하지만 앨리컴페인 부인이 "얘들아, 저녁 다 됐다."라고 말하자 모두 기분이 좋아진 것 같았다. 마치 중식으로 말라비틀 어진 빵만 먹었던 것처럼 우르르 몰려가며 새치기를 했다.

"아이들은 어떻게 잘 하고 있소?" 오렌지 부인이 아기를 돌보 러 왔을 때 오렌지 씨가 오렌지 부인에게 말했다. 오렌지 부인은 오렌지 씨가 카드 따먹기 놀이를 하는 동안 오렌지 씨 주변 선반 에 아기를 내려놓으며 그에게 한 번씩 아기를 좀 살펴봐달라고 부탁했었다.

"아주 신이 났죠, 여보." 오렌지 부인이 말했다. "조그만 녀석들 이 사랑 질에 질투라니 어쩌나 우스운지! 와서 좀 보세요!"

"당신이 고생이 많구려, 여보." 오렌지 씨가 말했다. "하지만 난 아이들에게 관심 없소."

그래서 오렌지 부인은 아기가 잘 있는 것을 보고 나서 오렌지 씨 없이 아이들이 저녁을 먹고 있는 방으로 다시 돌아갔다.

"지금은 얘들이 뭘 하고 있어요?" 오렌지 부인이 앨리컴페인 부인에게 말했다.

"연설하며 의회 놀이를 하고 있네요." 앨리컴페인 부인이 오렌지 부인에게 말했다.

이 말을 들은 오렌지 부인이 다시 한 번 남편한테 가서 말했다. "제임스, 한 번 와 보라니까요. 아이들이 글쎄 의회 놀이를 한대요."

"고맙소, 여보. 하지만 난 정치에는 관심 없소." 오렌지 씨가 말했다.

그래서 오렌지 부인은 다시 한 번 오렌지 씨 없이 홀로 아이들이 의회 놀이하는 것을 보려고 그들이 저녁을 먹고 있는 방으로 갔다. 그녀는 일부 남자아이들이 "들어 보시오, 내 말 좀 들어 보라니까."라고 외치고 다른 아이들이 "싫소, 싫대도!"라고 하고, 또 다른 아이들이 "질문 있소!", "말했소!" 등 이제껏 듣지도 보지도 못한 온갖 말도 안 되는 소리를 지껄여대는 것을 보았다. 그때 출입구를 막아섰던 골치 아픈 뚱보 남자아이 중 하나가 그들에게, 자신은 자신의 두 발로 당당히 서서(마치 그가 머리나 다른 신체 부위를 땅에 대고 서 있지 않다는 게 그들 눈에는 보이지 않기라도 한 것처럼) 설명을 하려 한다고 했다. 또 영예로운 그의 친구의 승인 하에, 그가 그에게 그를 그렇게 부르는 것을 허락한다면(또 다른 골치 아픈 뚱보 소년이 답례했다), 그는 설명을 계속하겠노라고 했다. 그런 다음 그는 무척 오랫동안 단조로운 가락으로(그가 의미하는 것이 무엇이든) 하던 말을 계속했다. 이 골치 아픈 뚱보 소년은 그가 손에 유리잔을 들고 있는 것에 관해, 그가 그날 밤 소위 말하는 공공의 의무라는 것을 이행하고자 그 집에 내려왔다는 것에 관해, 그리고 지금 같은 경우, 그가 그의 가슴에 손(유리잔을 들고 있지 않은 손)을 얹고 대중의 승인을 받고자 그 문을 막 열려고 했다고 영예로운 신사들에게 말하려던 것에 관해 설명을 늘어놓았다. 그러면서 그가 "우리 안주인에게!"라고 말하며 문을 열었고, 다른 모든 이들도 "우리 안주인에게!"라고 외치자, 함성이 울려 퍼졌다. 그러더니 또 다른 골치 아픈 소년이 단조로운 가락을 읊어대기 시작했고, 그때 시끄럽고 몰상식한 소년 여섯 명이 즉시 단조로운 연설을 이어받았다. 마침내 앨리컴페인 부인이 "이런 시끄러운 소리는 참을 수가 없어요. 자, 여러분, 의회 놀이 참 잘했어요. 하지만 잠시 후면 의회 놀이도 진절머리가 날 거고 여러분도 곧 가 봐야 하니 놀이는 이쯤에서 접어야겠어요."라고 말했다.

춤을 한 번 더 춘 다음(저녁 식사 전보다 더 너덜너덜해진 누더기를 입고) 그들은 끌려나가기 시작했다. 더욱 기쁜 소식은 두 다리로 서 있었던 그 성가신 뚱보 소년이 어떤 축사도 없이 맨 처음 걸어나가게 되었다는 것이다. 그들이 모두 떠나고 나자 가엾은 앨리컴페인 부인이 소파에 털썩 주저앉으며 오렌지 부인에게 말했다. "이 아이들 때문에 결국 내가 죽겠어요, 부인. 그들은 그러고도 남을 거예요!"

"저는 아이들을 꽤 사랑한답니다, 부인." 오렌지 부인이 말했다. "하지만 그들은 정말이지 바라는 게 끝도 없네요."

오렌지 씨가 모자를 쓰고 오렌지 부인은 보닛을 쓰고 아기를 안은 채 그들은 집으로 걸어가기 시작했다. 그들은 가는 길에 레몬 부인의 예비 학교를 지나쳐야 했다.

"제임스, 난 우리의 소중한 아이들이 잠들었을지 궁금해요." 오렌지 부인이 창문을 올려다보며 말했다.

"난 그들이 잠들든 말든 개의치 않소." 오렌지 씨가 말했다.

"제임스!"

"당신은 그들을 애지중지하오. 알잖소." 오렌지 씨가 말했다. "그건 또 다른 거요."

"난 그래요." 오렌지 부인이 미친 듯 기뻐하며 말했다. "그렇고말고요!"

"난 그렇지 않소." 오렌지 씨가 말했다.

"하지만 생각하던 중이었어요, 여보." 오렌지 부인이 그의 팔을 꼭 잡으며 말했다. "우리 소중하고, 착하고, 친절한 레몬 부인이 휴일 동안 아이들을 학교에서 맡아줄지 어떨지 말이에요."

"응당한 값을 치른다면야 아마 그녀도 좋아할 거요." 오렌지 씨가 말했다.

"난 아이들을 사랑해요. 제임스." 오렌지 부인이 말했다. "하지만 우리가 그녀에게 값을 치르면 어떨까 싶어요!"

바로 그 덕분에 이 나라는 그렇게 완벽하게 굴러갔고, 더할 나위 없이 살기 좋은 곳이 되었다. 오렌지 부부가 그런 실험을 직접 해본 후 얼마 지나지 않아 그 나라 어른들(다른 나라에서라면 어른들이란 뜻이다)에게는 휴일이 허용되지 않았고, 아이들(다른 나라에서라면 아이들이란 뜻이다)은 살아생전에 어른들을 계속 학교에 있게 하고 당부 받은 것이라면 무엇이든 하도록 했다.

《홀리데이 로맨스》를 처음 받아보고, 크리스마스 작가라는 디킨스답게 그가 크리스마스를 맞이해서 이번에는 네 명의 어린 주 인공의 사랑 이야기를 바탕으로 동화를 냈나보다 생각했다. 어린 독자를 위한 아기자기한 삽화도 곁들였고, 요정, 해적, 군인, 공주 등 아이들이 좋아할 만한 인물을 총동원해 환상과 모험 가득한 세계를 펼쳐 보인 만큼 크리스마스에 이 책을 선물 받은 아이들은 주인공이 되어 책 속에 푹 빠질 준비를 했을 것이다. 하지만 크리스마스 전날 밤 잠자리에서 아이들에게 모처럼 이야기를 들려주던 부모들은 분명 뜨끔했을 것이다. 판결문보다는 폭력이 우세한 군사 재판, 알맹이 하나 없는 하원들의 말잔치, 학생 괴롭히기를 일삼는 라틴어 문법 선생, 상대방의 말허리를 자르고 이유만 추궁하는 왕, 육아와 가사에 무관심한 남편 등 어른들의 단상을 여실히 드러내는 대목마다 목소리가 기어들어가며 아이들이 어서 잠들기만을 바랐을지도 모르겠다.

《올리버 트위스트》, 《크리스마스 캐롤》, 《위대한 유산》, 《오래된 골동품 상점》등 디킨스의 여느 소설들처럼 아이들이 나오고, 아이들이 주인공도 되었다가 화자나 청자가 되기도 하지만, 이 책은 아이들만을 대상으로 쓴 글은 결코 아니다. 화자가 7세이고 주인공들도 10대 이하의 어린이지만, 어휘나 문장 구조, 논리가 하나도 흐트러짐이 없다. "명료하게 쓰고 빨리 받아 적는" 편집자가 뭔지 제대로 아는 작가 틴클링 귀하를 화자로 두었기 때문이리라. 문장만 보고는 쉽게 아이라는 게 드러나지 않지만, 하는 행동은 영락없는 어린애다. 이런 엇박자에서 오는 위트와 유머가 쏠쏠한 재미를 준다. 또한, 네 명이 각자 쓴 것처럼 어투나 관점이 다르면서도, 한 명의 화자가 이야기를 하나로 끌어간다. 그래서 이 책을 연재소설로, 네 권의 별책으로, 한 권의 단편으로 무리 없이 낼 수 있었나 보다.

디킨스, 아니 이 글의 화자는 앨리스의 입을 빌려 "아이들을 마땅히 도와야 하는데 그렇지 않고 나쁘게만 바라보는 어른들"인 척하는 대신 "아이인 척" 이 글을 풀어가고 있고, "사랑 이야기"로

위장했지만, 사실은 어른들을 교화하려는 목적으로 이 글을 썼다고 한다. 그리고 "기다려야" 한다고 말한다. 아흔이 될 때까지, 시간이 흐르고 흘러 아이들을 이해하는 세상이 올 때까지.

이 글을 쓴 시점이 1868년이니까 이 작품도 아흔을 넘긴 지 오래고, 곧 있으면 두 번째 아흔을 맞으려는 지금, 우리는 아이들을 제대로 이해하고 있을까?